일상의 평범함을 깨우다

일상의 평범함을 깨우다

발행일 2024년 12월 12일

지은이 김미주, 김소현, 김자영, 김하연, 문혜진, 배유진, 원성욱, 윤미선, 이유경, 장소정
디렉팅 라이팅 코치 최주선
펴낸이 손형국
펴낸곳 (주)북랩
편집인 선일영　　편집 김은수, 배진용, 김현아, 김다빈, 김부경
디자인 이현수, 김민하, 임진형, 안유경, 한수희　　제작 박기성, 구성우, 이창영, 배상진
마케팅 김회란, 박진관
출판등록 2004. 12. 1(제2012-000051호)
주소 서울특별시 금천구 가산디지털 1로 168, 우림라이온스밸리 B동 B111호, B113~115호
홈페이지 www.book.co.kr
전화번호 (02)2026-5777　　팩스 (02)3159-9637

ISBN 979-11-7224-404-0 03810 (종이책)　　979-11-7224-405-7 05810 (전자책)

감각을 깨우는
일상의 이야기

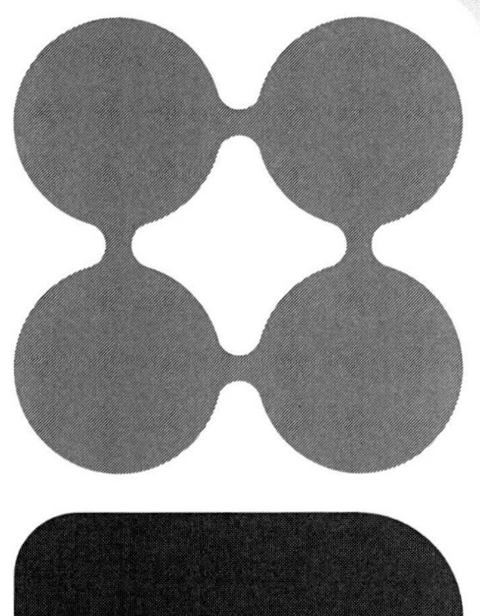

일상의 평범함을 깨우다

김미주, 김소현, 김자영, 김하연, 문혜진,
배유진, 원성욱, 윤미선, 이유경, 장소정 지음

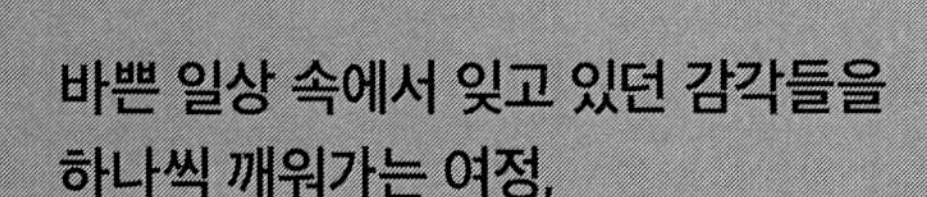

바쁜 일상 속에서 잊고 있던 감각들을
하나씩 깨워가는 여정,

그것이 바로 이 책이
독자와 함께하고 싶은 이야기이다!

북랩

들어가는 글

2024년 1월 시작이 엊그제 같은데 벌써 2024년 11월의 문턱에서 글을 쓴다. 한 달이 어떻게 지나갔는지, 계절이 언제 바뀌었는지도 모른 채 시간은 흘러간다. 때때로 정신 못 차릴 정도로 바빠서, 혹은 당연한 삶의 흐름에 익숙해져서 생각보다 많은 것을 놓치고 살아간다. 매일 마주하는 풍경, 귓가를 스치는 소리들, 가족 그리고 주변 사람들과 나누는 대화, 그리고 잘 차려진 식탁 위 음식. 이 모든 것들이 우리의 삶을 채우고 있지만, 종종 그것들을 당연하게 여기며 살고 있다.

최근 지인을 만나 요즘 어떻게 지내냐고 물었다. 돌아온 답은 "바빠 죽겠어요"였다. 나 역시 "진짜 정신없이 시간이 지나가네요"라고 받아쳤다. 나뿐 아니라 꽤 많은 사람이 스마트폰 알림음에 잠에서 깨어나 지하철에서도, 회사에서도, 집으로 돌아가는 길에서도 끊임없이 무언가에 쫓기듯 살아가는 걸 본다.

남아프리카에서 살며 한국에서 사는 사람들과 소통하며 일한다. 대부분의 일을 스마트폰과 온라인으로 처리하고 있다. 남편과 같이 이동하는 일이 많아 차에서도 나는 내 시간을 갖는다. 대부분 스마트폰을 열어 대화하고, 파일을 확인하고 글을 본다. 하루는 틈새 시간조차도 낭비하지 않겠다고 마음먹고 외출하면서 차에 올라탔다. 하루가 아니라 대부분 날이 이렇게 흘러간다. 집에서부터 스마트폰을 손에 든 채로 차에 타서 고개를 처박고는 귀에 꽂은 이어팟의 소리에 집중했다. 한참을 달리다가 남편이 나를 툭툭 쳤다.

"고개 좀 들고 하늘도 좀 보고 나무 좀 봐봐."

고개를 들고 창밖을 바라보는데 화창한 날씨가 새삼스럽게 느껴졌다. 아프리카의 들판과 파란 하늘, 마치 보자기를 펼쳐놓은 듯한 하늘의 흰 구름 천막이 눈에 들어왔다. 주변의 상점들, 군데군데 보이는 푸르른 나무들, 보라색 자카란다가 가로수길마다 줄을 섰다. 도로를 달리는 다양한 자동차들, 도로 위를 걸어 다니는 사람들도 보였다. 순간 대체 내가 뭐 한다고 이런 틈새 여유도 즐기지 못하는가 싶었다. 1년 중 봄에만 만날 수 있는 보라색 자카란다가 만개한 남아프리카에서 말이다. 나 스스로 두 눈 질끈 감고, 양손으로 귀를 막은 게 아니고 뭔가 싶었다. 당장 스마트폰을 꺼서 주머니 속에 넣었다. 그리고 잠시였지만 넋을 놓고 창문에 매달려 창밖을 바라봤다. 하루 중 많은 시간이 아니어도 이런 짧은 시간이 주는 힐링은 꽤 컸다.

잘 생각해보면, 매일 같은 길을 걸어 다니면서도 계절마다 달라지는 나무의 모습을 눈여겨보지 못할 때가 있다. 주변에서 소소하게 일어나는 변화는 알아채지도 못한 채 같은 길을 걸어 다닌 적도 있다. 그저 허기를 채우려 꾸역꾸역 끼니를 때우느라 그 맛을 제대로 느끼지 못하는 날도 허다하다. 마주치는 이웃과는 피곤한

듯 고개만 끄덕이며 지나가는 날도 있다. 이렇게 감각은 점점 무뎌지고, 일상은 점점 더 무채색이 되어간다.

나는 조물주가 사람에게 준 가장 큰 선물은 '오감'이라고 생각한다. 눈으로 보고, 귀로 듣고, 입으로 먹고, 코로 냄새를 맡고, 손으로 온갖 것을 만질 수 있는 것은 분명 축복이다. 우리의 일상은 감각을 이용해 모두 느낄 수 있기 때문이다. 코로나에 3번 걸렸다. 첫 번째와 세 번째 걸렸을 때는 후각과 미각을 잃었었다. 맛을 느끼지 못하고, 냄새를 맡지 못하니 곳곳에서 문제가 터졌다. 냄비를 데우다가 국을 홀라당 태워버렸고, 화장실에서 퀴퀴한 냄새가 나는 줄도 몰랐다. 음식을 만들어도 간을 보지 못하니 식구들은 맛없는 음식을 먹어야 했다. 생지옥이 따로 없었다. 즐거움이 없는 게 이런 거구나 깨달았다.

잠시 멈춰 살펴보면, 우리의 하루는 얼마나 다채로운 순간으로 채워져 있는지 금세 깨달을 수 있다. 내가 가진 이 '다섯 가지의 감각'이 내 삶을 얼마나 풍성하게 채우는지 말이다. 지금도 카페에 앉아 이 글을 쓰는 동안 내 귀에 들리는 감미로운 재즈 음악과 주변 사람들의 웅성거리는 말소리가 왠지 모를 편안함을 전해준다. 찻잔이 부딪치는 소리, 누군가의 웃음소리, 커피잔에서 피어오르는 향기까지 내가 좀 더 관찰하고 느끼려고 하면, 평범한 일상은 어느새 특별한 순간으로 만들 수 있다. 이 순간을 기록한다면 더할 나위 없는 아름다운 기록이 될 것이 분명하다.

이 책은 열 명의 작가가 모여 일상의 평범한 순간들 속에 숨어 있는 특별함을 다시 발견하고자 여정을 기록한 책이다. 글을 처음 쓰는 사람부터 시작해 출간 경험이 있는 작가까지 함께했다. 처음 글을 쓰지만 열 명의 작가가 함께 책을 만들 수 있었던 것은, 우리는 이미 각자의 방식으로 세상을 보고, 듣고, 말하고, 느끼며 살아가기 때문이다. 그 과정에서 깨달은 작은 통찰들이 모여 이 한 권의 책이 되었다. 누구에게나 있을 법한 평범한 일상과 경험을 기록한 글을 읽으며 나의 하루를 떠올려보면 좋겠다.

아침에 눈을 뜨며 들리는 새소리에 마지막으로 귀 기울여본 것이 언제인가? 오후의 커피 향이 전해주는 작은 위로를 느껴보신 적은 있나? 저녁 식탁에서 나누는 대화가 주는 따뜻함을 음미해본 적은 언제인가? 출근길에 마주치는 이웃의 인사가 주는 소소한 기쁨, 점심시간 창밖으로 보이는 하늘의 색깔, 퇴근 후 집으로 돌아와 신발을 벗는 순간의 안도감까지. 우리 일상의 이런 작은 순간들까지도 한번 들춰보면 좋겠다.

우리가 나누고자 하는 이야기들은 거창하지 않다. 하지만 이 소소한 이야기들 속에는 우리 각자의 삶이 얼마나 풍요롭고 의미 있는지를 보여주는 순간들이 담겨 있다. 일상의 작은 순간들이 모여 우리의 인생이 되듯이, 이 책에 담긴 이야기들은 평범한 일상에서 발견한 특별한 순간들의 모음이다.

특별한 일이 없어 지루하고 심심하다고 느끼는 사람이 있다면 생각해보았으면 좋겠다. 우리에게 필요한 것은 거창한 변화가 아니라 일상의 소소한 행복임을.

아침에 일어나 창문을 열고 들이마시는 첫 숨, 출근길에 마주치는 이웃과 나누는 진심 어린 눈인사, 점심시간에 동료와 나누는 솔직한 대화, 저녁 식사 후 가족과 함께하는 짧은 산책. 이런 작은 순간들을 온전히 느끼고 음미하는 것. 그것만으로도 우리의 일상은 충분히 특별해질 수 있다.

이 책을 읽는 독자들도 잠시 멈추어 주변을 둘러보고, 귀 기울이고, 마음을 열어 대화하며, 음식의 맛을 음미하는 시간을 가지시기를 바란다. 그리고 그 과정에서 일상의 평범함이 얼마나 특별한 것인지를 다시 한번 깨닫게 되기를 희망한다.

매일 똑같아 보이는 일상이지만, 그 속에서 발견하는 작은 기쁨들이 우리의 삶을 풍요롭게 만든다. 바쁜 일상에서 잊고 있던 감각들을 하나씩 깨워가는 여정. 그것이 바로 이 책이 독자와 함께하고 싶은 이야기이다. 우리의 이야기가 누군가의 일상에 작은 변화의 시작이 되기를, 그리고 그 변화를 통해 더욱 풍요로운 삶을 발견하기를 진심으로 소망한다.

2024년 12월

남아프리카공화국에서 첫 공동 저서를 디렉팅하며

라이팅 코치 최주선

차례

제2장

일상의 교향곡

제3장

내면을 울리는 메아리

제4장

인생의 맛을 음미하다

제1장

보통의 렌즈를 넘어서

1 얼마나 더 좋은 일이 있으려고!

김미주

2021년 9월. 추석 연휴를 앞둔 금요일, 끔찍한 사고를 당했다. 내 차에 처참히 깔릴 줄은 상상도 못 했다. 사람에게 배신당하는 일만 있을 줄 알았는데, 차에 배신당하다니. 그날은 8월에 요가 자격증을 취득하고 강사로서 여덟 번째 대체 수업을 마친 날이었다. 난 여느 때와 다르게 살랑거리는 바람이 너무 좋아 평소에 입지 않던 청치마를 입었다. 오후 1시 영어 수업을 위해 학원에 도착했을 무렵이었다. 상가 앞 주차 후 차 문을 닫고 내리고 나서야 시동을 끄지 않은 걸 깨달았다. 바로 그때 차가 뒤로 빠르게 움직이기 시작했다. 순간 심장이 덜컥 내려앉는 기분이었다. 아이들이 방금 하교해 막 나오던 시간이어서, 혹시라도 누가 다칠까 어떻게든 차를 멈춰야 한다는 생각뿐이었다. 하지만 이미 속도를 낸 차는 나를 태운 채 달려가 상가 입구 차단기 앞에서 멈춰 섰고, 나는 처참히 차에 깔렸다. 바닥에 닿는 순간, 차의 무게가 나를 짓누르기 시작했다. 왜 하필 맨다리에 치마를 입었던가! 나의 오른쪽 다리는 말할 수 없는 고통을 느꼈고 너무 무서워서 숨이 막히기 시작했다. 짧은 순간이 영원처럼 느껴졌다. 시야에 들어오는 행인

한 명 보이지 않았지만, 최선을 다해 소리쳤다.

"살려주세요!"

목소리는 떨렸다. 눈물이 흐르기 시작했다. 다리의 고통만큼 짧지만 힘든 시간이었다. 누군가가 119를 불렀고 구급차를 기다리는 시간은 몇 시간처럼 느껴졌다. 저 멀리서 소리가 들렸다. 다리를 짓누르는 고통은 점점 더 강해졌고, 너무 아파 너무 아파 울부짖을 때 낯선 아주머니가 다가오셨다.

"어머 어떡해. 몹시 아프지?"라며 나를 안고 어루만져주셨다. 얼굴도 보지 못했고, 누군지 알 수 없었지만, 그분의 따뜻한 목소리는 아직도 귓가에 생생하다.

눈 떠보니 중환자실이었다. 마지막 기억은 구급차에서 소독약을 다리에 붓는 순간이었다. 화끈거리는 고통에 참기 어려웠고 제발 이 순간이 빨리 지나가길 바랐다. 병원에 도착 후 마취 때문인지 우주 속 무중력 상태로 괴로워하며 잠들었다. 이미 한 차례 수술한 상태였는데, 왼쪽 다리 종아리 피부가 거의 80% 벗겨져 나간 상태라고 했다. 다행히도 뼈와 근육은 손상이 없다고 했다. 그 말을 듣는 순간, 당장이라도 벌떡 일어나서 춤을 추고 싶었다. 요가 매트 위에서 움직일 수 있기만을 기도했다. 요가 센터에서 자격증 취득 후 더 깊이 공부하고 싶어, 미국서 유명한 요기니 선생님 자격증을 막 신청했던 후였다. 아직 딱 한 번밖에 못 들은 수업을 환불해야 마땅했다.

"난 꼭 해내고 말 거야. 병원에서 화상 수업을 듣더라도 끝까지 할 거야. 퇴원해서 극복의 방법을 사람들에게 전하는 사람이 될 거야."

환불해야 하지 않겠냐고 묻는 남편의 물음에 고집을 피웠다. 말도 안 되는 고집을 존중해준 남편이 정말 고마웠다.

운영하던 영어 학원은 어쩔 수 없이 남편이 정리했다. 장기간 학원 월세를 감당하는 것보다 일단은 정리하는 편이 낫다는 생각이었다. 남편은 병원에서 여기저기 사람들에게 전화를 돌리고 당시 상황을 수습해주었다. 그 당시 요가만큼은 꼭 이어가고 싶었다. 내 안에서는 외쳤다. '내가 얼마나 잘되려고 이런 일이 벌어진 거지? 내가 얼마나 잘되려고.'

그 당시 자가 피부 이식이 필요했지만, 그럴 상황도 안 되어서 피판술이라는 수술을 해야 할 수도 있었다. 피판술이란 단순한 피부뿐 아니라 근육, 지방, 혈관 등이 포함된 조직을 함께 이식하는 방법이다. 종아리 뒷면이 깊게 패여서 어떤 수술을 할지 모르는 시간 앞에 2차 수술을 기다리는 일은 너무도 긴 세월처럼 느껴졌다. 피부 재생이 잘 돼야 2차 수술에 들어가고 퇴원도 할 텐데, 도무지 재생이 잘되지 않았다.

이틀에 한 번씩 눈물을 쏙 뺄 정도로 고통이 따르는 드레싱을 하고 화장실도 못 가서 성인 기저귀를 차고 누워 있는 와중에 줌으로 요가 수업을 들었다. 호흡도 따라 하고 손동작까지는 따라

할 수 있었고, 이론 수업은 들을 만했는데 눈이 자꾸 감겼다. 이렇게 쉬지 못하면 재생도 안 되고 회복도 안 된다고 남편은 계속 걱정해주었다. 그전에도 불면증이 가끔 있었지만, 이 상황에서 잠까지 못 자니 몸이 많이 지쳐갔다.

'나는 다시는 요가를 하지 못하게 되는 건가? 퇴원하고는 꼭 할 수 있겠지. 우리 첫째 수진이 수능이 다가오는데, 계속 이러고 있어야 하나.' 마음이 복잡했다. 회진을 도는 담당 의사에게 언제 퇴원하는지 반복해서 물었다. 돌아오는 대답은 피부 수술과 재생이 잘되어야만 퇴원할 수 있다고 했다. 하루에도 몇 번씩 집에 가는 날만 곱씹었다. 드디어 한 달 반이 지난 어느 날, 의사에게서 "수술할 수 있겠습니다!"라는 소식을 들었다. 피판술 대신 허벅지 살 세 군데를 떼어 수술할 수 있다는 희소식을 들었다. 그러나 수술 후 수혈해야 할 만큼 출혈도 심했고, 후유증의 고통은 출산보다 더 찢어지는 아픔이었다. 진통제는 아예 먹히지도 않았고, 침대 옆 철망을 붙들고 울부짖었다.

"여보! 나 그만 아프고 싶어, 그만 아프고 싶어."

말하면서도 이제 수술했으니, 집에 갈 수 있고 아이들도 만날 수 있다는 생각에 이를 악물었다. 다행히도 수진이 수능 5일 전에 퇴원할 수 있었다. 꼬박 60일 만이었다.

퇴원하면 밝은 현실만 있을 것 같았던 꿈이 첫날부터 깨지고 말았다. 여전히 남아 있는 통증에 심한 공포심이 밀려왔다. 내 다리가 찢어지면 어떻게 하지? 봉합이 풀리는 거 아니야? 집에서는 날 보호해줄 사람이 없는 것처럼 느껴졌다. 의사도 없고 간호사도 없다는 현실이 너무 무서웠다. 홀로 집에서 적응해야 하는 높은 산이 있다는 걸 깨닫고 하루빨리 걸을 수 있기만을 기다렸다. 두 다리로 걸어 다닐 수 있기만 해도 얼마나 감사한 일인지 그전에는 몰랐다.

온라인으로 요가 수업을 받아도, 당연히 동작은 할 수 없었다. 목발이 없으면 서 있기도 힘들었으니 말이다. 이로써 나의 2차 지도자 과정은 수강비 500만 원을 환불 요청하지 않고 그만두었다. 재수강할 기회가 요가를 이어갈 수 있는 끈이라고 생각했다. 석 달 후, 어느 정도 몸이 회복되었을 때도 기본 동작은 잘되지 않았다. 좌절의 연속이었지만, 그러나 나의 열정을 하늘에서 알아주듯 머리 서기는 할 수 있었다.

지금은 요가가 아닌 다른 일을 하고 있지만, 내가 세웠던 요가 지도자의 목표에 왜 그리도 집착했었나 생각이 든다. 목표지향적인 나의 성향은 목표가 있어야만 움직인다. 나의 목표는 돈도 아니고, 명예도 아니다. 그저 인정받는 사람, 좋은 일 하는 사람이다. 그래서인지, 어떤 어려움이 와도 '얼마나 잘되려고!'라는 말이 자연스럽게 나오곤 한다.

교통사고는 나에게 큰 선물이었다. 사고를 통해 감사하는 마음이 들었다. 허리를 다치거나 머리를 안 다친 것만 해도 얼마나 감사한 일인가. 그리고 내 주변에 감사한 사람들이 너무 많다는 것, 내가 헛되이 살지 않았다는 것을 알 수 있었다. 큰 사고를 겪으며 소소한 도움과 정성을 보여준 친구들과 지인들이 평생 기억에 남을 거다. 그리고 교통사고는 힘든 상황에서도 내 의지는 꺾지 못한다는 것을 알려주었다. 그 사고의 기억과 과정은 계속 꿈을 꿀 수 있도록 해주고 있다. 나의 앞날이 무엇일지 계속 그리게 되는 좋은 꿈, 나의 끝나지 않는 스토리가 너무도 궁금하다. 더한 어려움이 와도 난 외칠 것이다.

"얼마나 더 좋은 일이 있으려고!"

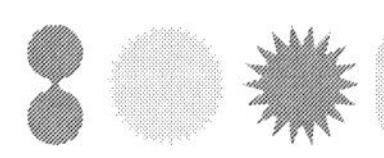

2 나의 퍼스널컬러는 시래기

김소현

요즘 연예인들 인터뷰에서 자주 등장하는 질문 중 하나가 '당신의 퍼스널컬러는 무엇인가요?'다. 퍼스널컬러란 개인이 가진 피부색에 생기를 불어넣고 활기차 보이도록 하는 색상을 말한다. 이 질문은 가볍게 들릴 수 있지만, 내게는 조금 더 깊은 생각을 불러일으키는 계기가 되었다.

15년 전 직장생활을 할 때, 다양한 스타일의 원색 계열 옷을 입으며 잘 어울린다고 생각했다. 그때는 화사한 색이 나를 더 잘 표현하는 것 같았고 자신감이 생기는 듯했다. 라디오 작가로 일하면서는 청취자들에게 짧지만 강렬한 메시지를 전달하는 데서 큰 보람을 느꼈고, 국제 NGO 홍보팀에서는 『월간 기아대책』이라는 책자를 제작하며 새로운 글을 쓸 기회도 있었다. 그랬기에 내 삶은 글을 통해 또렷해지고 분명해졌다고 믿었다. 하지만 결혼하고 타국에서 생활하게 되면서 나의 자존감과 자신감에 균열이 생기기 시작했다.

그 첫 시작은 주안이를 출산하던 때다. 에스와티니에서 자연분만을 고집하며 출산 요가까지 했으나 아이 머리 위치가 좋지 않아 결국 제왕절개 수술로 낳았다. 아무리 평판 좋은 병원이었더라도 수술 후 회복 과정은 내 예상보다 훨씬 힘들었다. 수술 후 첫 끼로 나온 낯선 음식들, 소고기와 닭고기 요리에 바나나와 우유까지 더해진 조합은 내 몸이 회복되는 동안에도 내 위장을 불편하게 했다. 수술 후 몸이 아파, 앉는 것조차 누군가의 도움이 필요했지만, 병원의 방침대로 드레싱을 받기 위해서는 꼭 씻어야 했다. 결국 남편의 부축을 받아 병실 바닥을 기어가듯 겨우 욕실로 갔고, 출산한 지 하루 만에 찬물로 샤워해야 했다. 아프리카 하면 덥다고만 생각하거늘 코끝 시리고 입김 나올 만큼 차가운 날씨를 그 누가 상상이나 하겠는가. 그만큼 첫 출산의 과정은 마음까지도 꽁꽁 얼어붙게 하기에 충분했다.

그래도 처음 아이를 만난 순간의 환희는 그 모든 어려움을 잊게 해줄 만큼 강했다. 하지만 그 기쁨은 육아의 고난 속에서 쉽게 무뎌졌다. 매일 밤잠을 설쳐가며 아이를 먹이고 재우는 일은 내가 예상했던 것보다 훨씬 고된 일이었다. 그리고 수술 후 어지러운 증세를 얻어, 보이는 모든 사물이 나를 중심으로 돌고 도는 듯했다. 그만큼 몸의 회복도 더뎠기에 첫째 아이 육아는 나에게 천국과 지옥을 오가게 하는 경험이었다. 그리고 1년 뒤 둘째 예주가 태어나면서 내 인생은 한층 더 육아에 갇히기 시작했다. 그즈음 우간다로 이주하게 되었고 그곳에서의 생활은 이전보다 더 열악했다.

우간다에서의 첫 집은 30년도 넘은 낡은 건물이었고 벽 틈새로 개미들이 끝없이 드나들었다. 강한 페인트칠 냄새로 눈이 따가워 그곳이 '집'이라는 감각을 무디게 했다. 우리는 가까운 거리의 게스트 하우스로 옮겼지만, 그곳도 상황은 매한가지. 바퀴벌레와 모기들이 득실거렸고 더운 날씨에도 불구하고 우리는 모기장 안에서만 겨우 생활해야 했다. 그때 막내에게 젖을 물리며 마치 세상과 단절된 듯한 느낌 때문에 왈칵 눈물이 났다. 집 창문마다 설치된 쇠창살 안전 창은 마치 육아라는 울타리 안에 갇혀 있는 기분마저 들게 했다. 철제 창살 너머의 세상은 멀리 느껴졌고 그 사이로 내 숨통마저 조여 오는 것처럼 보였다.

모든 것이 낯설고 겁이 났다. 남편을 원망하며 아이들을 어떻게 키워야 할지 두려움에 빠졌다. 아이들은 그 모기장 안에서 평온하게 잠들어 있었다. 그 아이들을 바라보며 '나는 엄마니까, 그래 나는 엄마지'라고 스스로를 다독였다. 그 침울한 마음을 누구에게도 설명할 수는 없었지만, 그럼에도 하루하루를 아이들과 살아가야 했다.

그러던 어느 날, 주안이가 이런 질문을 던졌다.

"엄마도 하고 싶은 거 있어? 그러면 해."

그 순간 나는 마치 머리 위로 돌덩이가 떨어진 듯한 충격을 받았다. 그 말이 나의 삶을 송두리째 흔들었다. 나에게도 하고 싶은 것이 있지 않았을까? 그동안 결혼과 아이들, 그리고 우간다에서의 삶이 내 꿈을 앗아갔다고만 여겼다. 하지만 아이의 그 한마디는 내게 새로운 깨달음을 주었다. '엄마도 하고 싶은 것이 있다'라는 그 말은 나를 깨우는 경종이 되었고 내 꿈을 다시 찾아야 한다고 생각하게 했다. 그래서 마치 무언가에 홀린 사람처럼 블로그와 인스타그램에 무작정 글을 쓰기 시작했다. 좋아요 하나 없는 미지근한 반응에도 불구하고 그저 우간다에서 삶을 기록하는 데 몰두했다. 그러다 스스로에게 '이걸 언제까지 해야 하지?'라는 의문이 들기도 했고 포기하고 싶은 마음과 싸워야 했다. 때마침 블로그 독자로부터 한 통의 메시지를 받게 되었다.

"블로그에 쓰신 글 잘 읽었어요. 이번에 우간다로 가게 됐는데, 글 덕분에 마음이 편해졌어요."

그 한마디는 내게 커다란 격려가 되었고, 또 다른 이는 우간다에서 별도로 만남을 요청하기도 했다. 그 순간부터 글쓰기에 대한 자신감이 조금씩 붙기 시작했다. 나는 글쓰기를 원하는 몇몇 엄마들과 모임을 가지며 함께 글을 쓰기도 했고, 우간다에서는 상상도 할 수 없는 다양한 커리어를 가진 사람들과 줌(zoom) 미팅도 했다.

이 모든 경험이 내게는 중요한 전환점이었다. 그러나 한편으로는 끊임없이 '네 이름으로 낸 책 한 권도 없잖아… 글은 무슨…'이라는 부정적인 메시지와 싸워야 했다. 물론 아이들이 자라고, 시간이 흐르면서 나는 그 싸움에서 조금씩 벗어날 수 있었다. 하지만 '나만의 퍼스널컬러'는 여전히 찾기 어려웠다. 패션이나 퍼스널 컬러 같은 것들은 내 일상에서 멀어져 있었고 그저 하루하루를 버티며 살아가기에 급급했다.

그러던 중 한 지인이 배추김치를 담그고 남은 시래기를 보내주었다. 그 시래기로 시래깃국을 끓였고 국물을 한입 떠먹는 순간 그 시래기가 나 같다는 생각이 들었다. 겉으로는 소박하고 눈에 띄지 않지만, 그 안에는 깊은 맛이 숨어 있었다. 마치 내 삶도 지금은 보잘것없어 보일지라도 그 안에 나만이 낼 수 있는 깊이가 있지 않을까. 문득 권정생의 「강아지똥」이 떠올랐다. 누군가에게는 쓸모없어 보이는 것이지만, 민들레에게는 소중한 영양분이 되었듯이 나도 나만의 의미를 찾아가는 중이라는 생각이 들었다. 시래깃국처럼 내 인생도 천천히 우러나고 있는 것이리라. 내가 잃어버린 줄만 알았던 나의 색깔이 조금씩 보이기 시작한 거다. 화려하고 눈에 띄는 색은 아닐지라도 내 안에는 나만의 깊은 맛이 있다는 걸 깨닫게 된 순간이었다. 이제 '당신의 퍼스널컬러는 무엇인가요?'라는 질문을 받는다면, 나는 이렇게 답할 수 있을 것 같다.

"저의 퍼스널컬러는 잘 우러난 시래기입니다."

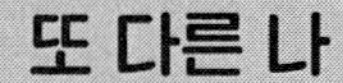

3 또 다른 나

김자영

삼 남매 중 장녀다. 무조건 첫째는 아들을 낳아야 한다는 집안에서 엄마는 딸을 첫째로 낳았다. 나를 낳자마자 엄마는 몸조리도 못 한 채 밭에 나가 일을 해야만 했다. 그러다 그토록 기다렸던 아들이 태어났는데 이번엔 장애가 있었다.

"우리 집엔 병신 자식 없으니 너희 집 핏줄인가 보다. 갖다 버려라."

할머니는 모진 말을 퍼붓고 유일한 손자를 안아보지도 않고 가버렸다. 엄마는 제대로 된 아들을 낳지 못했다는 생각에 꼼짝없이 모진 시집살이를 견뎌야 했다. 엄마는 내게 늘 말씀하셨다. "자영아, 너는 우리 집 맏딸이자 우리 집 아들이야. 네가 동생 대신해서 아들 역할까지 해야 해."

그렇게 난 어려서부터 장녀의 역할을 무조건 해야만 하는 아이로 자랐다. 공부도 잘해야 했고, 말도 잘 들어야 했으며, 속을 썩이는 일을 하면 안 되었다. 엄마는 동생을 돌보는 데 대부분 시간을 보냈다. 난 엄마가 시키지 않아도 집안일을 하고 공부도 했다. 엄마 아빠가 싸우는 날은 나 때문인 것 같았다. 두 분께 앞으로 더 잘할 테니 싸우지 말라고 편지도 썼다. 용돈도 안 쓰고 모아서 엄마 아빠 결혼기념일에 선물을 사곤 했다.

어느 날 친구가 생일파티를 한다고 초대를 했다. 친구는 공주 드레스를 입고 있었고 상 위엔 예쁜 음식이 가득했다. 그 친구는 외동딸이었는데 그날 이후로 나의 소원은 외동딸로 다시 태어나는 거였다. 그때 나에게 필요한 건 오로지 내게만 관심을 주는 부모였다. 현실적으로 불가능했다. 나의 이야기를 들어주는 사람은 아무도 없었다.

초등학교 5학년 때 담임 선생님은 일기 쓰기를 매일 숙제로 내줬다. 선생님은 아이들 일기에 댓글을 달아주었다. 상 받은 날의 내용을 쓰면 선생님은 빨간 볼펜으로 잘했다고 칭찬했다. 친구들과 싸워서 속상하다고 쓰면 '오해가 있었을 거야'라는 위로의 글을 주었다. 처음으로 나의 이야기를 들어주는 사람이 생긴 것이다. 내게 일어났던 일들을 일기장에 빈틈없이 매일 적었다. 그렇게 1년을 모은 일기장이 10권이었다. 자랑스럽고 소중했다.

그때부터 생긴 일기 쓰는 습관은 이후로도 계속되었다. 내 단짝 친구 아빠가 술주정뱅이에 폭력배라고 그 애랑 놀지 못하게 했을 때도 일기장에 '엄마가 밉다'라는 소리만 100번도 넘게 썼다. 중학교 때 짝사랑하던 남자애에 대한 비밀스러운 마음은 작은 자물쇠가 달린 일기장에 썼다. 반짝거리던 그 열쇠를 소중히 간직하기도 했다. 종이학 천 개를 접어 소원을 빌면 이뤄진다는 말을 믿고 매일 종이학을 접어서 그 비밀 일기장에 붙였다. 결국, 소원은 이뤄지지 않았다.

사춘기 시절 자살을 생각했을 때는 유서를 적어두기도 했다. 나의 모든 감정을 다 쏟아놓고 기록해둔 일기장을 엄마가 읽어주기를 바라는 마음에 일부러 일기장을 책상 위에 펼쳐놓고 학교에 가기도 했다. 나에겐 엄마의 사랑이 필요하고, 지금 얼마나 힘든지 알아줬으면 하는 마음이 있었다. 일기장은 '입 밖으로 말을 꺼낼 수 없는 나'를 대신해 모든 것을 말해주는 '또 다른 나'였다.

난 집안의 장녀이자 장남 노릇까지 해야 하는 아이였기에 90점을 받으면 100점을 받아야 했고 100점을 받으면 반에서 유일하게 받아야 하는 아이였다. 1등을 한 날도 다른 친구의 등수를 물어보았다. 100점을 받아도, 1등을 해도 난 기쁘지 않았다.

고등학교 가서 첫 시험 본 날 전교에서도 본 적 없던 등수를 반에서 받았다. 36등! 엄마 아빠는 충격을 받았고 17살이었던 난 집에서 매를 맞고 쫓겨났다. 고등학교 내내 집안 망신시킨다는 말을 들었기에 내 일기장은 눈물로 얼룩져 글씨를 쓸 수조차 없는 날도 많았다. 대학에 합격했지만 지방 대학이었기에 집에선 여전히 부끄러운 존재였다. 최대한 빨리 집을 벗어나고 싶었다. 대학을 졸업하자마자 독일로 도피하듯 유학을 떠났다. 학비가 공짜였고 아는 친척이 있다는 이유에서 택한 독일행이었다. 비록 내가 택한 도망이었지만, 낯선 땅에서 몰려오는 두려움은 상상 이상이었다. 말도 통하지 않는 나라에서 여전히 난 내 유일한 친구인 일기장과 오랜 시간을 보내곤 했다.

빨간 볼펜으로 댓글을 달아주었던 선생님의 관심이 좋아서 쓰게 된 일기를, 훌쩍 커버린 아이의 엄마가 되어서도 계속 쓰고 있다. 빛이 바래서 누레진 일기장과 종이학 천 마리가 함께 들어있던 자물쇠 달린 일기장, 속상할 때마다 써 내려가서 눈물로 얼룩덜룩해진 일기장, 타국에서 외로움과 두려움이 빼곡하게 적힌 일기장, 임신하고 출산했던 그 모든 기록이 지금은 전부 없다. 종이 상자에 넣어 이사 다닐 때마다 들고 다녔는데, 창고에 오랜 시간 보관해두었더니 종이에 곰팡이가 피어서 냄새가 나고 부스스 부서지는 부분도 생겨나 결국 버려야 했다. 버리기 전에 이틀 동안 꼬박 다시 읽었다. 그래야 할 것만 같았다. 반드시 거쳐야 할 이별 의식처럼 과거의 나를 보내주었다.

결혼하고 남편과 힘든 시간을 보냈다. 한동안 잊고 있었던 일기를 다시 쓰기 시작했다. 빨간 큰 노트를 하나 사서 남편 욕도 쓰고, 울기도 하고, 다른 사람에게 하지 못하는 말을 날것 그대로 적었다. 그렇게 쓰고 나면 맺혔던 속이 풀리는 것 같기도 했고, 다시 읽어볼 땐 심하게 욕했나 싶어 슬그머니 미안해지기도 했다.

결혼 7년 만에 암이 찾아왔다. 그때도 하늘이 무너지는 것 같은 마음을 일기장에 써 내려갔다. 누구라도 붙잡고 하소연하거나, 나의 억울한 마음을 소리치고 싶을 때 차마 입 밖으로는 내뱉지 못하는 말을 기록하면서 그 시간을 버텼다.

일기는 언제나 나의 모습을 거짓 없이 남길 수 있는 공간이다. 일기장 속엔 겉으로 보이는 내가 아닌, 내면에 존재하는 진짜 내가 있다. 부모님의 사랑이 필요했던 어린 시절이나 외로웠던 유학 시절, 힘들었던 결혼 생활 속에서 일기는 '또 다른 나'의 모습으로 언제나 나와 함께했다. 세월이 지나갈수록 일기장의 내용도 변해갔다. 원망과 불평 대신 감사의 말들을 적기 시작했다. 10년 넘게 투병하고도 이렇게 살아 있음에 감사하고, 50세 넘어서 새롭게 일을 시작할 수 있음에도 감사했다.

해가 거듭될수록 내 내면도 성장하고 있음을 일기를 통해서 보게 된다. 요즘은 감사와 함께 나 자신을 칭찬하는 말도 적는다. 아주 작은 사소한 것들도 칭찬하다 보면 나도 모르게 자기 효능감이 올라가고, 내일도 또 그렇게 하고픈 생각이 든다. 일기는 매일 울기만 했던 나를 웃는 사람으로 바꾸어주었다. 이번 기록들은 잘 보관해두려 한다. 살아온 날보다는 앞으로 살날이 더 적게 남았을 테니 훗날 이별하고 싶지 않아도 이별할 날이 오지 않겠는가? 그땐 나는 없겠지만 나의 기록은 '또 다른 나'로 남아 있을 것이다.

4 쓰레기 더미 속 성공

김하연

평범한 삶의 기준은 누가 정한 것일까? 모두에게 이번 생이 처음임에도 '정도'와 '일반적인 삶'이라는 기준이 존재해 나를 움츠러들게 했다. 초등학교를 졸업하면 중학교, 그다음은 고등학교, 대학, 대학원으로 이어지는 일련의 과정들. 정해진 때에 맞춘 취업과 결혼, 출산까지…. 다 끝난 줄 알았더니, 이제는 자녀의 유치원부터 다시 시작되는 인생의 굴레. 도대체 그 기준을 누가 세운 것인지 늘 의문이었다. 다수가 옳다고 여기는 방향을 따르지 않으면 어느새 특이하다거나 적응하지 못하는 사람이 되어 있었다. 남들이 말하는 기준에 맞춰 사는 것은 내게 가장 어려운 일이었다. 모두가 당연하게 걸어가는 길에서 벗어나는 순간, 마치 길을 잃은 사람처럼 위축되곤 했다. 그러나 이제는 다수의 길과 다르더라도, 내가 진정으로 걷고 싶은 삶을 선택하려 한다.

표준적인 삶의 모습이 이미 정해져 있는 듯한 사회에서, 시대적 흐름에 따라 '잘 산다'의 의미도 점차 달라져왔다. 불과 몇 년 전만 해도, '욜로(YOLO)!'라는 외침과 함께 '인생은 한 번뿐이니 현재를 즐기자!'라는 분위기가 사회 전반에 퍼져 있었다. 하루하루를 열심히 살아가는 사람들은 진부하고 재미없는 인생을 사는 것처럼 여겨졌다. 많은 이들이 직장을 그만두고 해외로 떠나거나, 번 돈을 여행과 문화생활 등 즐거움을 찾는 활동에 아낌없이 투자했다. 그러나 코로나 이후, 대한민국은 끊임없는 성장과 자기 계발을 강조하는 방향으로 전환되었다. 사람들은 이제 운동, 언어, 컴퓨터, 악기, 공예 등 다양한 분야의 자기 계발에 몰두한다. 불확실한 미래에 대비하기 위해 더 많은 것을 배우고, 다양한 분야에 성과를 내기 위해 노력한다. 시간을 쪼개어 본업 외에도 부업을 하고, '미라클 모닝'이라는 트렌드에 맞춰 아침 일찍 일어나 쉴 새 없이 목표를 향해 달린다. 이 모든 것은 더 나은 내일을 위한 준비이다.

성장의 대열에서 벗어나면 곧 정체되고 안주하는 것처럼 여겨진다. 때로는 끊임없이 자신을 발전시키려는 강박적인 노력이, 성장조차 일종의 중독처럼 느껴지게 한다. 미래에 대한 불안이 우리를 끝없는 경쟁으로 내몰고, 그 결핍을 채우기 위해 우리는 끊임없이 더 높은 곳을 향해 달려간다. 더 많은 부와 더 큰 성취를 이루어야만 성공한 삶이라고 여기는 분위기 속에서 살아가고 있다.

사람들은 '조금만 더 하면 더 많이 벌 수 있어'라며, 현재의 안정과 기쁨을 누리려는 것을 단순한 현실 도피로 치부하기도 한다. 마치 모든 삶의 목표가 오직 부를 추구하는 데 있는 것처럼 이야기한다. 현재를 소중히 여기며 살아가는 것이 무책임하고 안일한 선택으로 보일 때가 많다. 하지만 나는 욜로처럼 순간만을 즐기거나, 미래를 위해 끝없는 성장만 좇고 싶지 않다. 그보다는 그저 나 자신으로 살아가고자 한다. 그 결과, 나는 '특이하고, 적응하지 못하는 자리'에 서게 되었다.

뜻밖에 이집트 쓰레기 마을에서 내가 진정으로 살아내고 싶은 삶의 방향을 발견했다. 수도 카이로 전역의 쓰레기가 모이는 그 마을은 악취로 가득했다. 마을 전체에 쓰레기가 산처럼 쌓여 있고, 그 더미 속에 사람들의 집이 파묻혀 있었다. 나는 그곳에 살고 있는 사람들이 스스로 쓰레기 마을에 살기로 선택했다는 사실에 충격을 받았다. 그들의 조상들이 그곳에 살았고, 지금은 그들이, 앞으로는 대대손손 그들의 후손들이 쓰레기를 치우며 살아야 한다.

모두가 더 높아지는 삶을 추구할 때, 이들은 스스로 낮은 자리를 선택했다. 선택지가 넘쳐나는 세상 속에서도, 그들은 오직 하나의 가치를 품고 단순한 삶을 살아간다. 예수님만으로 충분한 삶. 그들에게 있어 쓰레기 마을은 피할 수 없는 운명이 아니라, 가장 가치 있는 삶을 위한 지극히 당연한 선택이었다. 사회가 말하는 성공의 의미와는 전혀 다른 길을 걷는 그들의 모습은 나에게 깊은 울림을 주었다. 그들을 보며 나는 깨달았다. 진정한 성공이란 더 높이 올라가거나 더 많이 소유하는 것이 아니라, 내가 있는 자리에서 중요한 가치를 붙들며 살아가는 것임을.

나는 스스로에게 물었다. 만약 소중한 것을 지키기 위해 내 인생뿐만 아니라 자녀들까지 평생 쓰레기에 파묻혀 살아야 한다면, 그 선택을 할 수 있을까? 선뜻 대답할 수 없었다. 내게 진정으로 중요한 것이 무엇인지, 나는 그들처럼 예수님을 그 어떤 것보다 최우선으로 여기며 살고 있는지, 스스로에게 질문하며 내 인생의 목적을 점검했다. 하지만 내가 느끼고 깨달은 대로 살아갈 용기가 없었다.

끊임없이 더 큰 성취를 요구하는 사회의 흐름 속에서 나 역시 유학을 고민하게 되었고, 결국 뉴욕행 비행기에 올랐다. 더 영향력 있는 사람이 되어 하나님께 영광을 돌리고 싶다는 그럴듯한 포장이 있었지만, 시간이 지날수록 내 마음 깊은 곳에는 오직 '내가 되고 싶은 나'만 가득하다는 것을 깨닫게 되었다.

뉴욕의 화려한 조명과 하늘 높이 치솟은 빌딩들이 나를 압도했다. 넘치는 도시의 에너지는 내게 맞지 않는 옷처럼 어색하고 불편했다. 수많은 기회와 치열한 경쟁 속에서 분주히 움직이는 사람들의 발걸음에 숨이 막혔다. 월스트리트의 차징 불 동상 앞에는 늘 사람들이 길게 줄을 서 있었다. 그들은 황소의 뿔과 중요 부위를 만지며 부를 기원했고, 그 광경은 나에게 큰 충격을 주었다. 10월 31일 세계 최대 규모의 핼러윈 퍼레이드에서는 귀신 분장을 한 사람들이 거리를 가득 메웠고, 끝없이 이어지는 행렬 속에서 사람들은 열렬히 환호했다. 축제의 열기와는 반대로 나는 마치 지옥을 미리 보고 있는 듯한 생생함에 냉정하게 내 삶을 돌아보았다.

'나 여기서 뭐 하고 있지?'

더 이상 나아갈 수 없는 막다른 길에서 나는 선택을 해야만 했다. 내가 원하는 모든 것을 이루기 위해 살아가지만 결국 죽음에 이르는 삶과, 영원을 향한 삶 중 무엇을 택할지, 무수한 선택 속에서 내가 누군지를 잃어가는 삶과 유일한 가치로 나를 찾는 삶 중 어느 길을 따를지. 더 이상 선택을 미룰 수도, 피할 수도 없었다. 내가 원하는 삶이 이곳이 아닌 쓰레기 마을에 있음을 인정할 수밖에 없었다. 이제 아는 대로 살아가기로, 더 이상 다른 길을 찾지 않기로, 뒤돌아서지 않기로 결심했다. 거리를 가득 채운 귀신 분장 행렬을 바라보며 그 결단을 가슴 깊이 새겼다.

쓰레기 더미 속에서 진정한 성공의 의미를 배웠다. 성공은 더 높은 곳에 서고 더 많은 것을 소유하는 데 있지 않았다. 오히려, 처한 상황과 관계없이 예수 그리스도를 알고, 그분을 안다고 고백한 대로 살아내는 것에 있었다. 과거에는 큰일이나 감당하지 못할 놀라운 일을 이루는 것이 성공이라 믿고 애썼다. 하지만 이제 내가 바라는 성공은, 마치 젖 뗀 아기가 어머니 품에 안겨 있듯 온전히 여호와만을 의지하고 바라는 데에 있다.

지금까지는 내 인생의 목적을 찾기보다 세상의 기준에 맞춰 살기 위해 힘써왔다. 그러나 이제는 욜로나 끊임없는 성장을 좇는 삶, 그리고 앞으로 또 변화할 사회의 흐름에 자신을 맞추려는 노력을 내려놓고자 한다. 각 시대 속에서도 흔들림 없이 제 자리를 지켜온 쓰레기 마을처럼, 나도 내게 주어진 길을 따라 묵묵히 걸어가려 한다.

비록 이 모습이 세상의 시선에 '특이하고, 사회적 기준에 맞지 않으며, 현실에 적응하지 못하는 모습'으로 보일지라도, 지킬 만한 가치를 지키는 일에 내 인생을 걸고 싶다. 세상은 결코 이해하지 못할, 그러나 내게 주어진 이 쓰레기 마을에서.

5 내가 평균이다

문혜진

시대를 잘못 타고난 것 같다. 아이 등굣길에 나와 비슷한 키를 가진 사람들을 많이 발견한다. 나는 그저 평균보다 조금 더 큰 사람처럼 느낄 뿐이다. 요즘 시대에 태어났다면 키에 대한 자신감을 조금 더 일찍 장착할 수 있지 않았을까?

태어날 때부터 컸다. 몸무게가 5kg에 육박했다. 부모님은 내가 또래보다 덩치가 크니 학교에 일찍 보내는 것이 좋겠다고 생각하셨고, 실제 생일보다 10개월 앞당겨 출생신고를 하셨다. 그래서 내 주민등록상의 생일은 내가 태어난 날과는 달리 1월로 적혀 있어서 동갑인 또래들보다 일찍 초등학교에 입학했다. 학교 수업을 잘 이해 못 했다. 나머지 공부도 종종 했다. 집에서와 달리 학교에서는 낯가림이 심하고 자신감도 부족했다. 키 순서대로 줄을 서서 반 번호를 정할 때면 늘 맨 뒤 번호를 받았다. 아이들이 줄 사이로 끼어들면 그대로 밀려갔기 때문이다. 버스를 탈 때도 짝꿍을 찾지 못해 친구들 사이에 끼어 앉아야 했다. 양옆 친구들의 찡그린 표정을 보며 가는 내내 진땀을 흘렸다. 시간이 지나 중학생이 되면서 키가 쑥쑥 자라기 시작했다.

중학교 1학년 여름방학 동안 8㎝가 컸다. 갑자기 키가 커진 나를 보고 같은 반 친구들이 놀랐다. 입학 때 종아리까지 오던 긴 교복 치마가 무릎까지 올라왔다. 아빠만큼 커야지 했던 나의 외침은 현실이 되고 있었다. 아빠 키는 178㎝다. 갑자기 커진 키에 적응해야 했다. 친구들은 내 어깨 밑으로 내려왔다. 한 발 뛰기를 하면서 놀 때 친구들이 세 발 뛰면 나는 두 발만으로도 따라잡을 수 있게 되었다. 중학교를 졸업할 때쯤엔 전교에서 가장 큰 키가 됐다. 어디 가나 불룩 튀어나와 눈에 띄었다. 친구들은 "위쪽 공기 좋겠다"라며 부러운 듯 말을 던졌다. 키에 대한 말을 던지면 적절히 맞받아치지 못했다. 나는 남의 시선이 신경 쓰여 내 키가 탐탁지 않았다. 눈에 띄고 싶지 않지만 잘 보였다. 부러워하는 시선도 있지만 나를 불편해하는 시선도 느껴졌다. 내 덩치만 보고 체육 첫 시간에 나에게 부장을 시키려던 선생님도 나의 소심한 모습에 바로 마음을 바꾸었다. 몸이 커진 만큼 내 자신감도 함께 커졌으면 좋으련만 따라잡지 못했다.

중학교 3학년 겨울 방학 때 머리카락을 짧게 잘랐다. 영락없이 남자 같이 보였다. 그 이후로도 계속 같은 머리 스타일이었다. 바지를 입으면 키 큰 남자애처럼 보였다. 편안한 옷과 신발을 찾다 보니 남자 옷들을 입게 되었다. 후드 티에 넉넉한 청바지를 입고 큼직한 운동화를 신었다. 종종 여성스럽게 입고 싶다는 생각이 들기도 했지만 찾기 힘들었다. 고등학교 때는 레옹에 푹 빠진 언니가 나에게 너도 레옹 머리를 해보라고 했다. 상상하기로는 짧은 머리에 젤로 푹 눌러 멋진 스타일을 생각했던 것 같다. 머리카락을 자르고 난 후 언니의 표정을 봤다. 애써 웃고 있었지만 난감한 표정이었다. 나는 바로 후회했다. 미용실에서 젤로 머리를 눌러준 그날은 괜찮았지만, 머리를 감은 다음 날부터 문제였다. 내 머리는 밤송이가 되었다. 남학생이 치마 교복을 입은 것 같았다. 밤송이 가시처럼 솟아오른 내 머리카락은 교실 문에 닿았다. 한동안 나의 겉모습은 성별 파악이 어려워지게 되었다. 나는 머리카락이 더 자라서 가라앉을 때까지 지낼 수밖에 없었다. 지나가면 흘겨보는 눈과 수군거리는 소리가 들렸다. 키에 대한 것이 아니라 "남자야? 여자야?"라는 내용이었다. 나의 큰 키는 높은 곳에 있는 물건, 세탁기 깊은 곳의 물건을 꺼내줄 때나 도움이 될 뿐이었다.

키는 고등학교 때까지도 계속 컸다. 당시 과외를 해주던 선생님이 처음엔 비슷한 키였는데 점점 눈 아래로 내려왔다. 과외를 그만둘 때 영화를 보여주시기로 했다. 선생님이 걸어오는데 또각또각 구두 소리가 났다. 선생님은 높은 5센티 정도의 굽이 있는 구두를 신었다. 나와 키 차이를 줄이기 위해서였는지 원래 그렇게 신고 다니시는 건지 알 수는 없지만, 선생님의 구두가 지금도 기억에 남는다. 당시 길을 가다 보면 남자애들은 눈으로 흘끔 보며 내 키와 비교했다. 바로 내 뒤까지 와서 키를 재고 가는 애들도 있었다. '내가 너희보다 크다'라는 생각도 잠시, 여성스럽지 않아 속상한 마음도 들었다. 만화책이나 드라마, 영화 속 여주인공처럼 여성스러운 모습을 하고 싶었다. 여성스러운 스타일의 옷을 입고 남자 친구의 얼굴을 살짝 올려다볼 수 있는 키를 가지고 싶었다. 키가 작고 귀여운 친구들이 부러웠다. 그런 생각을 하니 내 모습이 불만족스러웠다. 다시 작아지고 싶었지만 불가능한 일이었다.

한번은 만원 버스를 타고 가는데 운전기사 아저씨가 뒤쪽 출구 거울이 안 보이니 나보고 비키라고 했다. 속상한 나는 일부러 운전석 뒤로 가서 훌쩍거렸다. 키가 커서 구박받는 것 같았다. 누군가는 부러워할지도 모르는 키가 큰 단점처럼 느껴졌다. 내 등도 구부정해지고 내 마음도 작아졌다.

20대가 되어서도 콤플렉스는 여전했다. 만화책에만 푹 빠져 지내다가 어느 순간 연애를 하고 싶었다. 하지만 큰 키는 매력적이지 않게 느껴졌다. 학원에서 같이 일하는 남자 선생님이 "키 큰 할머니는 매력 없다"라고 한 말을 들었을 때는 웃어넘기긴 했지만 당황스러웠다. 대학에서 한 오빠는 나에게 '거대'라고 불렀다. 크고 길쭉하니 붙은 별명이었다. 조금 호감이 가도 내 커다란 키와 남자 같은 스타일에 이미 철벽을 치고 있음이 느껴졌다.

소개팅 때에도 내 큰 키는 초반에 연락 두절이 되는 원인이 되기도 했다. 정말 내 키는 연애에 도움이 안 됐다. 나는 의외로 남자의 큰 키를 선호하지 않았다. 나는 선택의 폭을 넓게 열어놓았지만, 상대가 선택할 수 있는 폭은 넓지 않았다. 연애하고 싶다는 마음이 커지면서 이대로 있으면 안 될 것 같았다. 몸을 반듯이 펴고 가꾸고 싶었다. 운동을 시작했다. 아는 동생이 자세가 바르게 되어서 이유를 물어보니 요가를 한 후에 그렇게 되었다고 했다. 요가를 시작했다. 구부정했던 몸을 폈다. 몸에 라인을 만들고 싶어서 벨리댄스도 배웠다. 동시에 나에게 맞는 스타일도 찾아서 입었다. 당시 루즈핏이 유행하면서 내가 입을 만한 옷들도 점점 더 많아졌다. 노력 덕분이었는지, 할 때가 되어서였는지 첫 연애를 시작했다. 나보다 키가 작은 사람이었다. 하지만 키 큰 여자와 작은 키 남자의 조합은 당시로서는 참 어려운 조합이었던 것 같다. 첫 연애라 나의 서툰 행동이 이별의 원인이 되었겠지만, 나중에 작고 귀여운 새 여자 친구를 만드는 모습을 보며 씁쓸했다. 내 큰 키가 이별의 한 이유처럼 느껴졌다.

시간이 흘러 나의 있는 모습 그대로 사랑해주는 사람을 만났다. 미스터 빈처럼 생긴, 눈이 크고 코가 높고 찡긋 웃는 표정이 독특했다. 키는 눈까지 닿았다. "결혼하면 아이들 키 걱정은 없겠네요" 하며 내 큰 키를 장점으로 봐주었다. 연애 초 여성스럽게 입었던 내가 점점 편하고 캐주얼한 옷으로 바뀌어가도 그대로 태도의 변화가 없었다. 내 모습을 억지로 꾸미지 않아도 되니 마음이 편했다. 날 바라보는 사람이 있다는 것, 내게 큰 힘이 되었다.

결국, 나와 인연을 이어갈 사람은 내 모습을 그대로 볼 수 있는 사람이다. 남의 시선을 의식하며 부자연스럽게 나를 맞출 필요가 없었다. 여전히 사람들을 만나면 내 키에 대해 놀라고 묻는다. "키 크면 어때요?"라고 물으면 이제는 "저는 키가 큰 게 좋아요"라고 한다.

남들과 다른 도드라진 특징들 때문에 자신에게 주어진 장점을 몰라보는 경우가 있다. 누구는 키가 작고, 혹은 살집이 있어서, 또는 너무 말라서 누군가가 보기에는 적당하지만 스스로 생각하기에 마음에 안 들 수 있다. 외모 때문에 자신에 대한 부정적인 생각이 생길 수도, 자신감이 떨어질 수도 있다. 누군가의 평가로 주눅 들 필요가 없다. 애초에 그들과 나는 다르니 마음 깊이 담아둘 이유도 없다. 그냥 흘러가듯 의미 없이 날린 말에 돌 맞은 듯 상처받지 않는다. 가끔 남편에게 내 키가 어떤지 물어볼 때가 있다.

"당신 키는 평균이지. 딱 적당해."

거짓말인 줄 아는데도 마음이 즐거워진다. 나만의 평균과 취향으로 나를 사랑한다.

6 고난을 뛰어넘는 선택

배유진

집에서 차 한잔 마시고 있는데 전화가 왔다.

"처형, 놀라지 마시고요. 아버님, 어머님께는 너무 놀라실까 봐 처형께 먼저 전화했어요. 지혜가 패혈증이래요. 의사가 지혜 마지막이니 직계가족은 병원으로 오라고 했어요. 병원 위치는요…."

"패혈증이요? 그게 뭐예요?"

제부 전화를 받자마자 손이 덜덜 떨려 휴대전화를 떨어뜨렸다.

서대구역 KTX 기차표를 예매하려는데 금요일이라 전 좌석 매진이다. 엄마와 고속버스 타고 서울에서 서대구역까지 4시간 걸렸다. 서둘러 택시를 잡았다. 칠순을 막 넘기신 부모님이 살아계시는데 어린 동생의 임종 면회라니 믿어지지 않았다. 해가 저물면 지혜가 떠날 것 같았다. 병원 앞에 도착하니 저녁 6시였다. 제부가 우리를 기다리고 있었다. 제부의 눈은 팅팅 붓고 시뻘겠다.

"좀 전에 우리 애들, 엄마 보고 갔어요. 놀라실까 봐 미리 말씀드리는데요. 지혜 손발이 검게 얼룩져 있어요. 차고 딱딱하니까

이따 만날 때 따뜻해지게 주물러주세요."

제부 따라 중환자실로 가는 복도는 어둑어둑했다. 지혜 시댁 식구들은 휴지를 움켜쥐며 고개를 푹 숙이고 있었다. 우리를 보고 다가와 손을 꼭 잡았다. 처음 가보는 중환자실은 눈이 시릴 정도로 공기가 차가웠다. 띄엄띄엄 떨어진 침대 위에 환자들이 누웠다. 의식 없는 지혜를 한눈에 알아보고 달려갔다. 지혜가 우리를 기다려준 걸까. 숨이 간신히 붙어 있다. 살아 있어 감사했다. 온몸이 피멍으로 얼룩덜룩하고 생기가 없었다. 지혜의 오른쪽 눈에는 반투명 테이프가 붙어 있었다. 코끝과 입술은 퍼렇다. 인공호흡기 호스가 목 안까지 연결되고 혀는 반대쪽으로 말라붙었다. 침대 양쪽에 큰 기계 두 대가 보였다. 왼쪽에서는 신장투석 기계가 감염된 피를 걸러내고 오른쪽에서는 심장이 뛸 때마다 그래프가 오르락내리락했다. 목과 팔에 꽂힌 열댓 개의 링거를 지혜가 붙잡는 걸까. 엄마는 지혜에게 가까이 다가가 얼굴을 어루만지며 품에 안았다.

"우리 딸 어떡하다 이렇게 됐어. 지혜야, 엄마가 널 얼마나 사랑하는데…. 우리 딸 어서 일어나자."

"지혜야, 언니 왔어. 많이 아프지? 어릴 때 싸웠던 거 미안해. 많이 못 놀아준 거 미안해. 우리 지혜 씩씩하니까 곧 나을 거야."

엄마와 난 어쩔 줄 몰라 했다.

지혜의 몸은 중환자실 온도만큼 차가웠다. 얇은 이불을 들춰보니 제부 말대로 손발이 검푸르고 굳어 있었다. 지혜와 마지막 안녕도 잊었다. 내 손의 온기가 지혜의 손과 발에 제발 전달되기를 바라며 주물렀다. 하지만 내 온기는 전혀 소용없었다. 살려달라고 마음속으로 하늘에 부르짖었다. 아니, 떼를 썼다. 그러던 중 감염내과 교수가 와서 말했다.

"배지혜 님 가족이시죠? 오늘 마지막일 수 있어서 가족들 오시라고 말씀드렸어요."

"지혜 손발이 곧 돌아올까요? 언제 따뜻해지나요?"

"응급실 들어오자마자 쇼크 상태였어요. 현재 상황은요. 패혈증이 와서 온몸이 감염됐어요. 신장투석 중이고 심장도 20% 역할만 하고 있어요. 세 번째 고비가 오길래 승압제를 써야 했어요. 승압제는 심장 살리려고 모든 피를 심장으로 보내거든요. 심장에서 멀리 떨어진 손과 발은 괴사 중이에요. 장기 살리는 게 먼저고 사지는 그다음이에요. 지금 지혜 님이 패혈증으로 살 가망성은 50%예요."

지혜에게 내 손발을 다 주고 싶었다. 멀쩡한 내 몸뚱이는 지혜 앞에 사치였다. 슬픔에 눌린 나를 정신이 번쩍 나도록 깨운 건 물음표였다. 죽고 사는 건 내가 도울 수 없는 영역이다. 두려움을 믿을 것인가? 살아날 것을 믿을 것인가? 내가 할 수 있는 건 무엇을 선택하고 믿는가였다. 지혜에게 마음의 에너지라도 주고 싶어 두려움을 뿌리째 뽑아버렸다. 살아날 것을 믿으니 이 고비가 지나가겠구나 싶었다.

"지혜야, 언니가 이따 또 올게."

제부는 우리가 나오자마자 걸음을 재촉하며 중환자실에 다시 들어갔다.

지혜도 나처럼 똑같은 물음에 고민하고 있을까? 가족의 모든 기도와 염원은 지혜에게 집중되었다. 복도 의자에 앉아 눈을 감았다. 담대하게 숨을 깊게 들이마시면서 침묵 깰 신호를 기다렸다. 몇 분 후 제부가 급히 나왔다.

"제가 들어가서 우리 조영이 준영이 이름을 말하는데 지혜가 눈을 떴어요!"

"우와! 기적이 일어나다니! 하나님 감사합니다. 하나님 영광 돌립니다!"

우린 서로 손을 꼭 잡고 방방 뛰면서 기뻐했다. 남아 있던 눈물과 긴장을 다 털어버렸다. 의학으로 설명할 수 없는 기적이 우리에게도 찾아왔다. 죽음 앞에 눈을 뜬 지혜는 '서프라이즈!' 하며 반전의 환희를 준비했다. '지혜야, 살아내줘서 고마워.'

동생의 상황은 평범한 일상을 깨뜨려버렸다. 평범하게 산다는 건 아무 일 없이 잘 지내는 거라 생각했다. 살면서 내 고난이 누구보다 힘든 줄 알았다. 마음고생 한 건 동생 앞에 고작 눈물 한 방울이었다. 나에겐 가정이 깨질 뻔한 아픔으로 우울증, 공황장애, 자살 시도 등이 스며 있다. 남편이 속을 썩이니 내 몸과 마음의 건강을 잃은 지 오래였다. 경제적으로 쪼들리고 대인관계도 기피했다. 모든 일이 마음대로 되지 않을 때마다 내게 고난이 밀려 온다고 생각했다.

'평탄하게 사는 건 뭘까. 나는 왜 평범한 삶을 살 수 없을까. 왜 나만 고난이 많지?'라고 불평을 늘어놓을 수도 있었다. 어쩔 수 없는 상황에 누구 탓을 해봐야 소용없다. 안 올 게 온 건지, 올 게 온 건지 알 수 없다. 그 일이 일어날 수밖에 없다면 감사하며 살기로 한다.

오늘도 감사. 무탈해서가 아니다. 고난을 마주할 때 불평이 아닌 감사를 선택하니 나의 삶은 평범한 삶이 되었다.

7 세상을 바라보는 사진이라는 시선

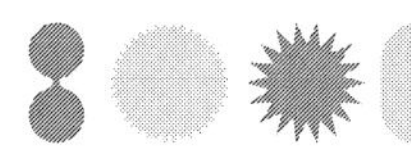

원성욱

사진은 세상을 바라보는 작가의 시선이다. 찍은 사진을 사람들에게 보여줄 때, 아내가 옆에서 "속지 마세요, 사진발이에요"라고 할 때가 있다. 사진은 눈에 보이는 사실을 담고 있지만, 그 자체로는 완전한 사실이 아니기도 하다.

종종 바닷가에 가면 하늘을 배경으로 바다를 찍거나, 바다를 배경으로 하늘을 찍곤 한다. 하늘과 바다는 실제로 멀리 떨어져 있음에도 불구하고, 사진 속에서는 늘 바로 맞닿아 있다. 사진을 보고 있으면, 그 자리에서는 너무 구분이 명확했던 하늘과 바다가 어디가 하늘이고 어디가 바다인지 구분하기 어려울 정도로 보이기도 한다.

두 사진의 배경은 완전히 다르지만 언제나 착각을 일으킨다. 사진은 사실적이면서도 사실에 입각한 나만의 착각에 빠질 수 있는 특징을 가지고 있다. 그렇기에 사진은 사실이면서도 내가 세상을 바라보는 또 다른 시선이 된다.

살면서 다른 사람의 시선이나 평가에서 벗어날 수 있다면 얼마나 좋을까? 그러나 평생 남들의 시선과 평가에서 자유롭기란 쉽지 않다. 원하든 원치 않든, 다른 사람에게 인정받기 위해 애를 써야 하고, 그 평가에서 뒤처지다 보면 실패자라는 마음이 들기도 한다. 또한, 내가 주인공이 아니라 들러리나 소모품처럼 여겨지는 것은 유쾌하지 않다.

그런데 사진을 찍는 순간, 내가 아무것도 아니었던 것들에 의미를 부여하게 된다. 산책하다 무심코 눈에 들어온 꽃을 한참 바라보며 사진을 찍기도 한다. 만약 꽃들이 감정이 있다면, 자신을 들러리 삼는 사람이 아니라 자신을 주인공으로 찍어주는 사람에게 더 아름답게 보이고 싶어 할 것이다. 그때 꽃은 더 화사한 색으로 나를 향해 자세를 취하는 듯하다. 마치 내가 대작 영화의 감독이 되어 배우들에게 "액션!"이라고 소리치면, 배우들이 최선을 다해 연기하고, 조명팀이 그들을 돋보이게 하려는 듯 구름 사이로 들어오는 빛이 유난히 그 꽃을 강조해 비추는 것처럼. 꽃 한 송이를 찍을 때도, 나를 향해 수줍은 미소를 보내는 꽃의 진심을 마음에 담는 자세로 사진을 찍고 핸드폰이나 컴퓨터에 저장하며 그 아름다움을 마음속에 간직한다. 그 시간은 내가 세상의 평가를 받는 시간이 아니라, 내 시선으로 세상을 바라보며 나만의 작품을 연출하는 시간이 된다.

낯선 동네에 가면 처음 본 동네 사람에게 말없이 미소를 건네게 될 때가 있다. 상대방도 나에게 미소로 화답하면 그곳에서 만난 사람과, 방문했던 동네나 나라가 오래도록 마음에 남는다. 사진을 찍는다는 것은 내가 무심코 바라보던 것들에게 다가가 인사를 건네며 마음에 그 만남을 기억하는 것이다. 어떤 만남은 처음 만나도 오랜 친구 같고 또 계속 만나고 싶은 만남이 있다. 마음에 울림을 준 것들에 대해 사진을 찍는 것은 그 대상과 계속 만나는 것과 같다. 그동안 30개가 넘는 나라를 다니며 많은 사람과 마주쳤고, 다양한 풍경을 만났다. 지금도 많은 사진 가운데 이름도 모르는 처음 본 사람이라고 할지라도 내가 사진을 찍을 때 수줍게 미소를 건넨 사람들을 만났던 기억은 오랜 시간이 지났어도 그 장면과 그 시간이 마치 마음속에 새겨진 것처럼 기억난다.

20년도 더 전에 아프가니스탄 카불의 어느 골목길에 앉아 놀고 있던 어린 소녀의 수줍은 미소도 기억나고, 우즈베크 시장에서 우즈베크 전통 음식인 우즈베크 전통 기름밥인 오시를 만들며 환하게 웃던 아저씨의 웃음도 기억난다. 그들도 나도 어쩌면 무명 배우요, 무명 감독인 것 같아도, 그 순간 나를 바라보며 웃어주고 그 모습을 정성껏 사진으로 남길 때 그 사진은 세상에 하나밖에 없는 명장면이다. 그때 그 사진을 찍지 않았다면 사진 속에서 나를 향해 웃고 있는 그 사람이나, 그 순간에 잠시 펼쳐졌던 풍경은 누구의 기억 속에도 남아 있지 않을 것이다. 너무나 평범한 그들은 지금도 사진을 통해 마음에 빛나는 영화 주인공처럼 남아 있다. 그것이 사진의 매력이다.

핸드폰의 용량을 정리하기 위해 사진을 지울 때가 있다. 사진을 지울 때도 이미 내 마음에 소중한 추억이 된 사진은 지우지 않고 계속 놔둔다. 오래전에 찍은 사진 중에 바다 위를 멋지게 나는 갈매기를 잘 포착한 사진이 있다. 지금도 일이 잘 안 풀리고 마음이 답답할 때 그 사진을 보면 모든 문제 위를 훨훨 날아갈 것 같은 용기를 얻는다. 또 튀르키예의 무너진 유적지 옆에서 피어 있던 꽃을 찍은 사진을 보면, 지금도 내 얼굴에 미소가 번진다. 무너진 곳에 다시 꽃이 피어나듯, 내 인생에도 다시 필 꽃에 대한 희망이 생기기 때문이다. 이렇게 이미 그 사진들은 내 마음에 희망이 되고, 기억하고 싶은 만남이 된다. 이제 내 파일 속에 저장해두고 지우지 않는 사진들은 내 삶의 흔적이자 소중한 기억이다.

김춘수 선생님의 시 「꽃」에서 하나의 몸짓에 지나지 않았던 꽃이 이름으로 불릴 때 그 꽃이 의미로 다가오는 것처럼, 그 시간 그 자리에서 내가 본 풍경과 사물은 사진 속에서 기억이 되고 의미가 된다. 나는 꽃의 이름을 몰라 이름을 불러주지는 못해도, 사진을 찍어서 내 마음속에 꽃이 되게 한다. 그 사진에 담긴 풍경이나 사물은 나에게 의미가 되고 잊히지 않는 기억이 된다. 사람이 꽃 옆에 서서 사진을 찍으면 그 사람이 주인공이 되고 꽃은 들러리나 소품이 된다. 이런 경우 그 사진 안의 꽃은 사진 속 사람의 배경이 되고 만다. 하지만 정성껏 마음을 담아 꽃을 찍으면 그 마음속에서 꽃이 주인공으로 기억된다. 그리고 사진을 보는 이도 비로소 꽃의 아름다움을 진지하게 느낄 수 있다.

대부분 사진을 찍을 때 풍경을 배경으로 자기의 모습을 담기에 여념이 없다. 여행을 가서 자기의 얼굴이 나온 사진밖에 없다면 그 사진은 자신만의 사진이거나, 함께 갔던 사람만의 사진이 된다. 나도 어쩔 수 없이 함께 간 사람들과 같이 한두 장 찍기는 해도 대부분 그 풍경이나 사물을 사진에 담는다. 가족들과 함께 찍은 사진은 오직 가족 단톡방에만 올리고 어디에도 공유하지 않는다. 유명한 셀럽도 아닌 나와 우리 가족의 사진은 우리 가족에게는 소중해도 다른 사람에게는 큰 의미가 없다. 그래서 풍경을 배경으로 사람을 찍기보다 나에게 감동과 위로를 준 그 꽃이나 풍경을 주인공 삼아 사진을 찍어 마음에 담는다.

사진은 내 시선으로 의미를 부여하여 마음에 담는 것이다. 실패하고 무시당하거나, 외면을 당하며 무너져 있는 사람이 누군가에게 인정받기 시작할 때, 다시 일어서고 앞으로 나아갈 수 있다. 사진을 찍을 때 나는 그 대상뿐 아니라 '나' 자신을 새로운 시각으로 바라보는 것이다. 카메라의 뷰파인더로 사진 찍을 대상을 집중하며 바라볼 때, 무심코 지나치던 것들이 내 삶 속으로 다가온다.

어느 날 하늘을 바라보며 마음에 위로를 느끼며 찍은 사진은 볼 때마다 나에게 위로가 된다. 그리고 내가 의미를 부여한 사진을 통해 누군가에게 작은 감동과 위로를 건넬 수도 있다. 나의 시선으로 재탄생한 하늘이나 꽃은 나뿐만 아니라 남에게도 또 다른 감동이 되기도 한다. 글을 쓰는 것이 진심을 담은 의미 부여의 작업이듯, 사진을 찍는 것도 마찬가지다. 그래서 나는 오늘도 사진을 찍으며, 글을 쓰고 나만의 시선으로 의미를 부여한다.

8 두 계절을 담은 나무

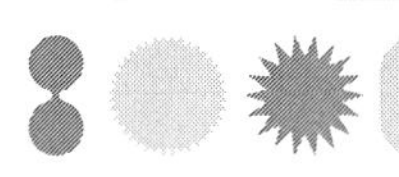

윤미선

아침 8시 40분쯤, 찬이와 함께 집을 나섰다. 버스 타고 출근하는 날에는 찬이 학교 앞까지 같이 걸었다. 하루 중 유일하게 단둘이 있는 시간이다. 요즘 찬이가 학교생활은 잘하는지 누구랑 친한지 등을 물었다. 대화하던 중 갑자기 찬이가 길 건너편 나무를 가리키며 말했다.

"엄마, 저기 봐봐. 저거 단풍이지?"

"단풍이 어디 있어?"

"저기 이파리가 빨갛잖아."

"음…. 빨갛기는 한데, 단풍 맞나? 뭔가 잎이 시들어서 빨갛게 보이는 것 같은데? 에이. 이제 막 9월인데 단풍은 아닐 거야."

4차선 길 건너에 있는 나무의 이파리가 붉긴 했지만 보기에 예쁘지는 않았다. 며칠 후 찬이, 윤이와 집 앞을 걷고 있는데 아이들이 나무 좀 보라고 외쳤다. 가리키는 곳을 보니 이파리 끝이 빨갛게 물들었다. 초록색의 이파리는 끝으로 갈수록 점점 연해지다가 빨간색으로 이어졌다.

"와! 정말 예쁘다. 무지개 같아."

예쁘다고 한마디씩 했다. 붉은 매니큐어를 손톱 끝에만 살짝 칠한 것처럼 보였다. 평소에 쉽게 볼 수 없는 신선한 풍경이라서 자꾸 시선이 갔다. 며칠 전 찬이와 등굣길에서 보았던 나무가 떠올랐다. 그 나무의 이파리도 단풍이었다는 걸 그제야 깨달았다. 아직 낮에는 기온이 30도까지 올라가는 더운 날이지만 나무는 이미 가을을 준비하고 있었다. 나무의 초록 잎이 순식간에 '짠'하고 붉은색으로 바뀌지 않을 텐데, 지금껏 나는 나뭇잎 전체가 빨갛거나 노랗게 변하기 전까지는 시선을 주지 않았다. 아니 미처 쳐다볼 생각조차 못 했다. 매일 걷는 길 곳곳에 나무가 빼곡한데도 내 눈에는 들어오지 않았던 나무들이다. 노랗고 붉게 물들어 단풍이 절정에 이르러야 그리로 시선이 갔다. 사시사철 그 자리에 서 있는 큰 나무들은 내 눈에는 그저 배경이었다.

이후로 나는 아이들과 봤던 나무를 유심히 보았다. 하루가 다르게 나뭇잎에 붉은 물이 퍼져나갔다. 서서히 붉어지고 초록색이 빠져나가는 변화를 봤다. 아이들의 발견 덕분에 나는 나무가 여름옷에서 가을옷으로 갈아입는 순간을 오래 느낄 수 있었다. 바로 집 앞에서 느리게 움직이는 단풍을 바라보고 즐겼다. 나는 40년 넘게 사계절을 경험했다. 찬이와 윤이는 각각 여덟 번과 다섯 번의 사계절을 살았지만 오히려 나보다 보고 느끼는 게 많았다. 자연의 변화를 놓치지 않았고 보는 시야도 나보다 넓었다.

매년 4월이 되면 가족 모두 이끌고 벚꽃을 구경하러 간다. 양열으로 핀 벚꽃 아래에는 많은 사람이 사진 찍기에 바쁘다.

"이리 와. 카메라를 봐야지. 좀 웃어봐. 가만히 좀 있을래?"

나 역시 남는 건 사진이라며 아이들 붙잡고 한 장이라도 더 찍으려 했다. 재촉하는 엄마와 이리저리 밀어대는 사람들 속에서 아이들은 무엇을 느꼈을까? 엄마가 사진으로 기록 남길 수 있게 협조하는 날이었을지도 모른다.

삶에서 결과 못지않게 과정이 중요하다는 걸 책에서도 보고 강의에서도 들었다. 매번 다짐하며 자기 성찰의 글도 적는다. 하지만 막상 살다 보면 시선은 결과로 향했다. 매일 걷는 길도 매번 다른 모습인데, 목적지만 생각하고 걸으면 다름을 알아챌 수가 없다. 아이들에게서 다시 배웠다. 조금 더 여유 있게 바라보고 느껴보기로 했다. 어제의 나무와 오늘의 나무 모습이 다르고, 어제의 하늘과 오늘의 하늘이 다른데 그건 아무나 볼 수 없는 것이었다. 마음이 나무에 있고 하늘에 있는 사람들만 볼 수 있었다. 평범함 속의 다름을 알아챌 때 눈이 즐겁고 마음이 행복했다.

키가 1m도 되지 않고 이리저리 몸 가는 대로 걷는 윤이에게 시선을 떼지 못했다. 나는 혹시 윤이가 걷다가 넘어질까 봐 방심할 수 없었다. 윤이가 걸음을 멈추고 손가락으로 하늘을 가리키며 '달'이라고 외쳤다.

"달? 달이 어디 있는데?"

달은 밤에 볼 수 있고 노란색이 아니었던가? 대낮에 푸른 하늘을 두리번거리다가 하얀 달을 찾았다. 달을 어떻게 찾았냐고 물었지만 윤이는 달이라고 말할 뿐이었다. 나는 낮에 달을 찾거나 하물며 하늘을 올려다볼 생각도 잘 못했다. 어쩌면 1년 내내 대낮에 떠 있는 달을 못 봤을 수도 있다. 꼬맹이 딸은 어떻게 저 높은 곳을 볼 생각을 했는지 궁금했다. 달은 노란색이 아니며 꼭 밤에만 뜨는 것도 아니다. 이론적으로는 알면서도 현실에서는 낮과 달을 연결해본 기억은 없다. 달은 항상 그곳에 있었지만 나는 보지 못했다. 내 마음이 향해 있는 곳으로만 눈과 시선이 함께 움직였다. 지금은 무엇이 내 눈에 많이 보일까? 내 눈이 곧 내 마음이다.

단풍놀이를 가면 젊은 사람도 많지만, 특히 나이 지긋하신 어르신들이 많다. 왜 나이가 들면 단풍이 그렇게 좋을까? 인생의 희로애락 다 겪고, 마음에 여유가 생기면서 그제야 보이는 자연의 아름다움이라고 한다. 아이들도 마찬가지였다. 아직 세상이 신기하기만 한 아이들은 내가 미처 보지 못하는 걸 잘 발견했다.

삶에서 아름다움은 어디에든 존재한다. 그 아름다움을 아름다움으로 받아들이는 건 내 마음이 결정한다. 마음을 통해 눈으로 아름다움을 볼 수 있다. 조금 더 여유 있는 마음으로 주위를 둘러보면 똑같은 것 하나 없다.

"엄마, 이것 좀 봐봐."

아이들이 또 나를 부른다. '무슨 쓸데없는 말을 하려고 나를 부르나?' 불현듯 올라오는 생각을 멈춰본다. 사소한 것에서도 놀랍고 새로움을 찾는 법은 아이들이 가장 잘 알려주니까. 오늘도 아이들의 눈을 빌려 세상을 본다. 단풍의 그라데이션 같은 아름다움을 찾아본다.

9 도전을 통한 성취

이유경

"마라톤, 함께 참여해요!"

무더운 여름의 끝자락이었다. 직장 동료 해나의 마라톤 참가 제안에 멈칫했다. 나의 첫 마라톤 경험은 그리 성공적이지 않았기 때문이다. 달리기는 내가 못하는 운동 중 하나였고 다시 도전하리라고는 상상조차 못 했다. 그런데 이번에는 왜 덥석 참가한다고 했을까? 또 다른 도전이었을까? 두 번째 마라톤에 대한 결심이 내려지고 나서야 후회와 걱정이 밀려왔지만, 이번에는 나의 마음가짐이 조금 달라져 있었다.

신입사원의 패기만으로 무엇이든 해낼 수 있을 것 같았던 그때, 회사의 기대에 부응하기 위해 출발선에 섰던 마라톤이 나의 첫 번째 포기였다. 완주 상금 공약까지 걸려 있었지만, 대회 날짜가 다가와도 연습은커녕 달리기 자체에 대한 열의조차 없었다. 딱딱한 아스팔트 위를 달리는 건 관절에 좋지 않다는 핑계로 합리화시켰다.

출발선 앞에 섰다. 연습도 없이 처음으로 도전한 거리는 10㎞였다. 달려야 하는 이유도 딱히 없었다. 달리다 걷다를 반복하며 뒤를 돌아보았다. 뒤처지는 사람들을 태우기 위해 따라오던 버스가 점점 가까워졌다. 결국 나는 버스에 올라탔고 그 순간의 포기는 그다지 아쉽지 않았다. 오히려 그때는 그것이 당연하다고 느꼈다. 완주해야 할 뚜렷한 이유가 없었다.

하지만 두 번째 마라톤은 달랐다. 다시 주어진 기회에 이번엔 제대로 도전했다. 달리는 걸 끔찍이도 싫어하던 나였지만, 연습하면 할 수 있겠다는 자신감이 생겼다. 마라톤이 다르게 보였다. 나와의 도전으로 인식되었다. 나를 정복하려는 내가 다르게 보였다. 작은 성공으로 큰 성공을 이루어가듯 마라톤에 도전장을 내밀었다. 온전히 나 자신을 돌아보며, 이 마라톤을 왜 해야 하는지 그 목적에 집중했다. '포기했던' 마라톤을 '완주해낸' 마라톤으로, 나의 실패 경험을 성공 경험으로 바꾸고자 하는 목표가 생겼다. 대회 날까지 남은 일수를 계산했다. 일주일마다 1㎞씩 늘리며 대회 날 10㎞를 달릴 수 있도록 준비했다.

처음은 3㎞부터 쉬지 않고 달리기를 목표로 시작했다. 의구심이 들었지만, 일단 달리기 시작했다. 7㎞를 달렸을 때 발목이 무겁게 느껴졌고, 이어 무릎에 찌릿한 통증이 올라왔다. '이대로 계속 가면 다치지 않을까?'라는 생각이 스쳤다. 그만두고 싶은 마음이 강하게 들지만 달리는 것을 멈추는 대신, 스스로에게 다짐했다. '이 고통은 훈련의 일부야. 지금 포기하면 그동안의 노력이 헛될 뿐이야.' 그렇게 한 걸음씩 발을 내디뎠다.

신기하게도, 시간이 지날수록 그 통증은 점차 사라졌다. 아팠던 발목과 무릎이 마치 처음부터 아무 일도 없었던 것처럼 느껴졌다. 만약 그 순간에 아픔을 참아내지 않고 달리기를 멈췄다면 어땠을까. 결승점이 아닌, 중간에서 포기한 자신을 마주했을 것이다.

인생도 그렇지 않을까. 고통이 밀려올 때는 온 세상을 덮을 것처럼 느껴지지만, 결국 그 고통을 이겨내고 나면 별거 아닌 사건으로 남는다. 그리고 그 순간을 버틴 내가 조금 더 강해진다. '할 수 있을까'에서 '할 수 있다'라는 자기효능감이 생겼고 작은 성공 경험과 꾸준한 훈련으로 10㎞를 당당히 완주하였다.

성취의 힘은 정말 대단했다. 마라톤에 도전할 수 있었던 발단은 나에 대한 믿음, 내가 해낸 경험이 쌓인 결과였다. 단순한 배움에서 그치는 것이 아니라, 목표를 이루어내는 경험이 새로운 도전을 불러일으켰다. 성취의 경험은 내게 또 다른 도전을 하게 만드는 기폭제가 되었다. 나에게는 영어를 유창하게 말하는 것에 대한 갈망이 있었다. 어학연수도 다녀오고, 미국에서 4년을 살았지만, 여전히 영어로 자신 있게 말하기란 쉽지 않았다. 한국어 같은 발음에 더 위축되었다.

그러다 우연히 만난 것이 소리튠 영어 강의였다. 갓주아 쌤의 강의대로만 훈련하면 될 거라는 확신이 들었다. 그동안의 영어 학습과는 완전히 다른 방식이었다. 영어 소리에 집중해 소리의 위치를 바꾸는 접근법은 새로운 시도였다. 또한, 혼자 듣는 온라인 수업이 아닌 담당 코치의 피드백을 받으며 훈련을 병행하는 온라인 수업으로 내게 첫 완강을 안겨준 수업이었다. 하루에 몇 시간씩 강의를 보고, 발음 습관을 교정하려고 노력했다. 그러나 생각보다 발음 교정은 쉽지 않았다. '과연 내가 이걸 해낼 수 있을까?'라는 의구심이 생기기도 했다. 모음 훈련을 하면서 혀의 근육을 사용하는 것부터 어려웠다. 아무리 연습해도 발음이 부자연스러웠고, 녹음한 내 소리를 듣는 순간마다 실망감이 밀려왔다.

그러나 배움에서 더 나아가 영어 소리 코치가 되겠다는 목표는 새로운 인생의 길로 안내했다. 매일 퇴근 후 새벽까지 강의를 듣고, 녹음한 파일을 다시 듣는 과정을 반복했다. 소리 하나하나를 몸에 익히기까지 수십 번 녹음했고, 그때마다 피드백을 받아 조금씩 개선해나갔다. 때로는 피드백이 내 실력을 적나라하게 보여주어 좌절했지만, 피드백이 없었다면 지금의 발전은 없었을 것이다. 또한, 꾸준한 훈련이 나를 어떻게 변화시키는지를 몸소 느끼기 시작했다. 처음 3개월 동안은 변화가 크게 느껴지지 않았지만, 어느 순간부터는 나도 모르게 원어민의 소리에 가까운 발음이 입 밖으로 나오는 것을 느낄 수 있었다. '할 수 있다'라는 자신감이 생겼고, 그때부터는 모든 훈련이 더욱 즐겁게 다가왔다.

마침내 영어 소리 코칭 자격증을 취득하고, 현재 영어 소리 코치로 활동하고 있다. 이 경험이 마라톤을 완주할 수 있다는 자긍심을 생겨나게 한 것이다. 목표를 달성한 그 순간, 그동안의 노력이 결실을 본다는 것이 큰 만족감과 자신감을 주었다. 지금은 영어 소리 코치로서 다른 사람들에게 나의 경험을 공유하며, 그들 역시 자신만의 성취를 이루도록 돕고 있다.

작은 성취들이 쌓이면서, 내가 할 수 있는 영역들이 넓어졌다. 나는 목표를 작은 단위로 쪼개는 연습을 한다. 목표치를 조금씩 올리며 작은 성취감을 느끼는 훈련을 통해, 작은 성공이 쌓여 더 큰 도전을 위한 발판이 된다. 아침에 할 수 있는 나만의 체크리스트를 만들었다. '이불 정리하기, 아침에 물 한 잔 마시기, 10분 계단 오르기' 딱 세 가지를 실천하고 있다, 작은 성취로 시작하는 아침은 하루를 긍정적으로 이끌어가며 많은 일을 해낼 수 있다는 자신감을 준다. 작은 도전들을 끝까지 함으로써 나를 더 큰 미래로 나아가게 만드는 원동력이 되고 있다.

10 하늘에서 바라본 세상

장소정

몇 년 전, 여동생 혜선이와 함께 튀르키예로 떠났다. 그곳에서의 패러글라이딩과 열기구 체험은 우리의 여행에서 빼놓을 수 없는 순간들로 기억된다. 하늘 위에서 내려다본 세상은, 평소에는 보지 못했던 새로운 시야를 열어주었다.

패러글라이딩을 하기로 한 그날 아침, 우리는 7시쯤 예약한 업체의 차를 타고 패러글라이딩할 장소인 '욀루데니즈(Oludeniz)'로 향했다. 차 안에서부터 설렘과 긴장감이 교차했다. 창밖으로 스치는 풍경들은 빠르게 지나갔지만, 내 마음은 그보다 더 빨리 뛰고 있었다. 혜선이는 이미 두 번이나 패러글라이딩을 경험해서 여유로웠지만, 나는 첫 도전이라 모든 것이 새롭게 느껴졌고 그만큼 불안도 밀려왔다. 차 안에서 혜선이를 바라보며, 떨리는 마음을 감추지 못한 채 물어보았다.

"나 패러글라이딩 처음 해보는데, 할 수 있을까?"

"언니 무서운 놀이기구 잘 타?"

"무서워서 잘 못 타지."

"그럼, 패러글라이딩도 무서워서 못 탄다고 하는 거 아냐?"

혜선이가 장난스러운 표정으로 던진 그 말은 한순간 나를 망설이게 했다. 괜히 한다고 했나? 하는 생각이 잠깐 스쳐 지나갔다. 속으로 되뇌었다. '그래, 여기서 포기할 수 없어. 이곳은 세계 3대 패러글라이딩 명소 중 하나잖아.' 네팔의 포카라, 스위스의 인터라켄과 함께 손꼽히는 튀르키예 페티예, 그야말로 하늘을 나는 매력적인 장소다. 이 기회를 놓친다면 두고두고 후회할 것 같았다. 페티예는 튀르키예 서남부의 작은 도시로, 연중 온화한 기후 덕분에 해양 스포츠와 패러글라이딩의 성지로 불린다. 아름다운 해변을 따라 펼쳐진 지중해가 눈부시게 빛나는 곳. 이곳에서 하늘을 날며 내려다보는 바다의 모습은 단순히 관광지를 넘어서는, 그 자체로 하나의 꿈 같은 장면이었다. '다시 언제 이런 곳에서 패러글라이딩을 해보겠어?' 2,300m 상공에서 지중해를 내려다볼 생각에 가슴이 벅차올랐다. 바람에 몸을 맡기고, 발밑에 펼쳐진 푸른 바다와 산맥을 눈으로 담는 순간이 내게 어떤 의미로 남을지 궁금했다. 이제는 두려움보다도 기대감이 더 크게 밀려와, 나는 그 높이로 날아오를 준비를 하고 있었다.

차를 타고 사무실에 도착하자, 직원들이 우리를 반갑게 맞이했다. 안내를 듣고 짐을 정리하는데, 생각보다 준비할 게 많지 않았다. 선글라스를 제외한 모든 짐은 사물함에 넣어두었고, 핸드폰도 맡겼다. 우리는 다시 차에 타서 출발 지점인 바바다그산 정상으로 향했다. 차로 구불구불한 산길을 올라가 도착해서 내리니 쌀쌀한 기운이 감돌았다. 얇은 셔츠 안에 민소매만 입은 나를 본 직원이 초록색 바람막이를 건네주었다. 장비를 착용하고 출발 지점에 섰을 때, 가슴이 두근거렸다. 천천히 뛰라는 신호가 떨어지고, 한 걸음씩 내디뎠다.

마침내 발이 지면을 떠나는 순간, 자연스럽게 하늘로 날아오르는 감각이 내 몸을 감쌌다. 그 순간 온몸이 긴장으로 얼어붙었다. 나는 고소공포증에 사로잡혀 다리를 꼼짝도 못 하고 벌린 채로 있었다. 뒤에 같이 탄 조종사가 "릴렉스, 릴렉스 레이디"라며 나를 달래기 시작했다. 덕분일까? 이윽고 긴장감을 내려놓고 주변을 볼 수 있는 여유가 생겼다. 하늘에서 바라본 세상은 말로 표현하기 힘들 만큼 경이로웠다. 발아래 펼쳐진 푸른 지중해는 끝이 없었고, 저 멀리 수평선까지 이어진 바다는 그림 같았다. 그 높이에서 지상을 내려다보는 광경은 일상에서 경험하던 것과는 전혀 다른 세상이었다. 우리가 매일 딛고 걷던 땅이 이렇게 넓고 아름다울 수 있다는 사실에, 잠시 할 말을 잃었다. 하늘에 있는 이 순간, 자유롭고 평화로웠다. 바람, 빛, 내 아래로 펼쳐진 세상은 감사 그 자체였다. 그리고 무사히 땅에 발을 내디딜 순간이 얼마나 소중할지 다시 한번 마음속에 새기게 되었다.

며칠 뒤 열기구를 타는 날이 왔다. 새벽 4시 30분, 나와 혜선이는 숙소를 나왔고 바깥 공기는 차가웠다. 튀르키예 정부는 당일 기상 상태를 기준으로 열기구 운행 여부를 결정한다. 해당 웹사이트에 접속하면 깃발의 색상이 초록색으로 변해야만 열기구가 하늘로 떠오를 수 있는데, 그때까지는 아직 빨간 깃발 상태(보류)로 초록색으로 변하는지 계속 확인이 필요했다. 해가 떠오르기 시작할 무렵, 긴장된 마음으로 열기구 운행이 되기를 기다렸다. 아침 5시 50분, 웹사이트의 깃발이 초록색으로 변했다. 그 순간, 우리는 드디어 탈 수 있겠다는 생각에 가슴이 벅차오르며, 열기구가 하늘로 떠오를 준비를 하는 모습을 지켜봤다. 주변에서 어떤 한국인 관광객이 말하는 소리가 들려왔다.

"그동안 우리가 착하게 살아서 타는 거야!"

그 말이 묘하게 위안이 되며, 마치 열기구 신이 우리를 축복해준 것만 같았다. 열기구 안은 생각보다 따뜻했다. 바구니에 있는 계단처럼 생긴 구멍을 밟고 조심스럽게 올라가며 설렘과 두려움이 교차했다. 바구니에 올라타는 순간, 거대한 열기구 크기에 감탄이 절로 나왔다. 수많은 열기구가 동시에 하늘로 떠오르는 모습은 그야말로 장관이었다. 먼저 하늘로 올라가는 열기구를 보며 속으로 잘 갔다 오라고 응원했다. 우리의 바구니도 점차 불을 내뿜으며 하늘로 떠오르기 시작했고 주변의 풍경이 점점 작아졌다. 열기구는 하늘 높이 올라갔다가 내려가기를 반복했지만 흔들림 없이 안정적이었고, 주변의 평화로운 풍경이 한눈에 들어왔다. 작아진 사람들, 나무, 산, 들판, 집들이 작은 모형처럼 보였다. 그동안 일상에서 잊고 있던 풍경과 소중한 것들이 하늘 아래 펼쳐져 있는 것을 보니, 마음 깊은 곳에서부터 감동이 밀려왔다. 혜선이와 함께 이 순간을 나누며 나는 다시금 느낄 수 있었다. 하늘 높이 뜬 열기구 안에서 지금 우리가 얼마나 소중한 경험을 하고 있는지.

튀르키예에서 패러글라이딩과 열기구를 탄 경험은 즐거움을 넘어서, 나의 무뎌진 감각을 일깨워주었다. 하늘 위에서 바라본 풍경은 매일 반복되는 일상에서 얼마나 많은 것을 놓치고 살아왔는지를 강하게 느끼게 했다. 그 순간 내 안의 감각이 모여 일상의 소중함을 알게 해주며 내 마음속에 깊은 여운을 남겼다.

여행을 마치고 일상으로 돌아와서 집 근처 공원으로 산책하러 나갔다. 공원은 나무들로 둘러싸여 있고, 들꽃들이 땅바닥 여기저기 귀엽게 피어 있었다. 평소 종종 가던 공원이었지만, 그날 나는 그곳을 새로운 눈으로 바라보았다. 마치 처음 마주하는 것처럼, 공원의 풍경이 아름답고 특별하게 느껴졌다. 이제야 알아본 것이 아쉽기도 했지만, 지금이라도 발견할 수 있어 감사했다. 앞으로도 일상에서 내 감각을 의식적으로 깨우기로 했다. 매 순간의 소중함을 놓치지 않겠다고 다짐하며, 주변을 잠시 멈추고 둘러보았다. 주변을 새로운 시각으로 바라보며, 평소에는 그냥 지나치기 쉬운 것들에 대해 다시 생각하게 되었다.

보통의 순간들이 주는 행복을 깨닫기 위해, 이제 의식적으로 그런 순간들을 바라보려 한다. 하루를 소중히 여기며, 매일매일을 새롭게 느끼기로 다짐했다. 하늘에서 본 풍경처럼, 일상에서도 잊고 있던 아름다움을 발견하며 살기로.

제2장

일상의 교향곡

1 바다가 들려주는 속삭임

김미주

예쁜 막내 수빈이는 사회성이 부족하다. 어릴 적부터 눈 맞춤이 잘 없었고, 혼자 놀기를 좋아했다. 나는 빠른 조치를 해주면 아이를 더욱 행복하게 해줄 거라고 믿었었다. 저녁까지 빈틈없이 공부방 수업할 때였지만 짬 내서 미술치료, 놀이치료를 열심히 데리고 다녔다. 성장하는 아이를 보면서 뿌듯하고 행복했다. 그래도 또래 아이들과 비교하면 여전히 아기 같고 상호작용이 미숙했지만 그래도 믿음을 가졌다.

"수빈이가 밝고 긍정적인 데다, 사랑을 많이 받고 있잖아. 잘 클 거야."

스스로 위로하며 그래도 잘 커가는 아이를 보면서 웃고, 때로는 속상해서 울기도 했다. 7살이 되고 유치원에 가면서 집단놀이에서 빠져 있거나 어울리지 못하는 모습이 비칠 때면 아이의 결핍은 나의 외로움으로 다가왔다. 그러나 아이는 타고난 성향이 그리 예민하지 않았다. 징징거림도 없고 쿨한 성향이었다. 운동신경은 좋아서 몸으로 노는 건 잘했지만 앉아서 친구들과 알콩달콩 놀이는 잘하지 못했다. 지금 생각해보면 공감 능력과 상호작용의 미숙함이었던 듯하다. 그렇게 학교도 가고 1학년, 2학년 나름 잘 다녔다. 물론 친구들이 같이 안 놀아준다는 표현은 종종 했지만, 본인이 해야 하는 일은 잘 이겨냈다. 매일 학습지를 할 때도 학원을 갈 때도 보채는 일은 없었다. 일하고 있는 나로서는 무척이나 고마운 부분이었다. 그러나 학년이 바뀔 때마다 수빈이가 학교에서 아이들하고 잘 어울려야 할 텐데, 혼자 겉돌다 오는 건 아닌지 가슴이 떨렸다. 수빈이는 내색하지 않았지만, 늘 내 마음은 아이와 학교생활을 같이 하는 것 같았다. 수민이가 3학년이 될 무렵, 예기치 않게 이사를 하게 되었고, 동시에 새 학교에 가게 되었다.

"지금껏 열심히 치료도 잘 받고 있고 성장도 했는데, 잘 지낼 수 있을 거야!"

이사하면 아이의 사회성 성장에 이바지하고 싶었다. 동네 아이들 다 모아놓고 영어책을 읽어주면서 접촉을 많이 하려고 다짐했다. 또한 학부모들과도 친해지려고 노력했다. 그러나 이미 3학년은 본인들의 코드에 맞는 친구들과 어울려 놀고 싶어 했다. 엄마들도 영어책에만 흥미를 갖지, 아이들의 관계에는 관심이 없었다. 마음이 지쳐갔다. 학교에 가기 싫어하고, 어떨 때는 하교 후에 수빈이가 꺼이꺼이 우는 날도 있었다. 수빈이가 잘 클 거라고, 배워가는 중이라고, 괜찮다고 하면서도 애써 마음을 달랬지만 공허함이 커졌다. 내 혼잣말도 함께 늘어갔다.

"아가, 엄마랑 바다를 보면서 살까?"

나의 답답한 마음을 바다로 달래고 싶었던 듯하다.

수빈이가 좋아하는 것 중 하나는 바다였다. 물고기가 사는 바다. 뭐가 먼저인가는 모르겠지만, 물고기도 좋아하고 물도 엄청나게 좋아하니, 실컷 물놀이나 시켜볼까 싶었다. 몇 년 전, 큰아이들과 제주도 여행을 한 적이 있었는데 그때부터 나 또한 제주도 바다를 사랑하게 되었다. 바다로 사방이 둘러싸여 있는 제주도는 동서남북 느낌이 각각 달랐다. 기분에 따라 생각나는 곳이 다른데, 일이 많아 마음이 무거울 땐 용두암 바다가 손짓하며 쉬다 가라고 하는 것 같았고, 그저 가벼운 마음으로 바다를 즐기고 싶을 때는 함덕 해수욕장의 에메랄드빛 바다가 손짓하는 듯했다. 속상한 일이 있을 때는 애월 바다가, 때로는 중문 해수욕장에서 손짓한다. 바다는 이처럼 아무 조건 없이 나에게 주기만 하는 내 마음속 키다리 아저씨인 것 같았다. 난 준 게 없는데…. 바다가 나에게 "왜 이제 왔어?"라고 속삭이는 듯했다. 자리를 떠날 땐 "가지 마!" 하고 나의 옷자락을 붙드는 것처럼 느껴지기도 했다.

매년 우리 막내와 바다를 보러 갔었다. 바다는 항상 반갑게 맞이해주었다.

어느 날, 수빈이가 학교에 가기 싫어하던 아침에도 마음이 돌덩이처럼 무거웠다.

이날 수빈이는 시무룩한 얼굴로 기운 없이 앉아 있으려고만 했다. "수빈아, 우리 바다 실컷 보고 살까?" 수빈이에게 물었다. 내 말에 수빈이는 제주도에 가고 싶다고 말했고, 나는 바로 그렇게 바다를 향해 떠날 채비를 했다.

결정한 지 2주 만에 우리는 제주에 입도했다. 물론 수빈이가 아빠와 떨어져 있어야 하는 부분은 마음이 아팠지만, 남편도 수빈이만 생각하며 선택했다. 파도 소리는 매번 나에게 항상 속삭여준다.

"걱정하지 마, 모든 건 잘될 거야. 그리고 아이도 아주 잘 클 거야."

수빈이는 조금씩 적응해가면서 즐겁게 학교생활 중이다. 처음에는 이곳에서도 친구들과 대화하는 걸 어려워했다. 조금씩 마음의 문이 열리고 친구들과 잘 어울리고 있다. 물론 마음씨도, 얼굴도 예쁜 단짝도 생겼다. 대안학교이다 보니 반 학생이 많지 않고 같이 학년을 올라간다. 시간이 갈수록 더 편해지고 친해질 것 같다. 우리는 틈틈이 시간이 나면 바다를 보러 간다. 그러면 파도는 또 이야기해준다.

"거 봐, 좋을 거라고 했잖아! 잘 지낼 거라고 했잖아! 앞으로 좋은 일만 있을 거야!"

바다를 바라보고 있으면 계속 이런 마음이 든다. 날 따뜻하게 안아주고 있는 느낌이다. 우리 아이가 타고난 재능 중 하나는 물고기 잡기인데, 그물로 쓱 하면 잡힌다. 어쩔 땐, 종류별로 여러 마리를 잡기도 하고, 바다에서는 몇 시간이고 시간 가는 줄 모를 정도로 집중한다.

바다는 파도타기도 시켜주고 모래성도 쌓게 해주고 가끔 친구도 만들어준다. 아낌없이 주는 나무처럼 바다는 우리에게 아낌없이 준다. 일단 나에겐 바다는 나를 용감하게 해주고, 결단력을 주었다.

우리 수빈이에게는 자유와 꿈을 주고 가끔 놀이터도 되어준다. 그리고 지루한 일상을 멋지게 만들어준다. 남편도 기회가 되면 제주도에 와서 같이 바다를 즐기곤 하는데, 남편 역시 '걱정 마라, 다 잘될 거야!'라는 속삭임을 바람 속에서 듣지 않을까 싶다. 누구에게는 바람에 나뭇잎이 흔들리는 소리, 새들의 지저귐 같은 자연의 소리가 마음을 진정시키고 위로를 해주는 기분일 거다. 내게 힘이 되어주는 바다가 있듯, 누구에게나 그런 자연이 있을 거다. 없다면 그런 장소나 사물을 만들어봐도 좋을 것 같다. 그게 꼭 사람이 아니어도 된다. 사람에게는 기대 이상의 위로를 얻지 못하면 상처가 되지만, 자연은 그렇지 않다. 늘 그 자리에 같은 모습으로 있어주는 것만으로도 큰 위로가 되어줄 테니까.

2 탁! 전기가 나가는 순간

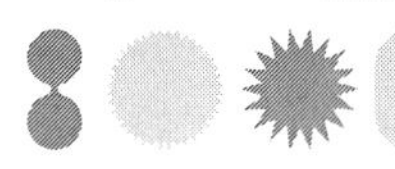

김소현

우간다에서 비는 반가운 손님이지만, 동시에 전기가 나갈 가능성이 있어 불청객 같다고 여길 때가 있다. 인공지능 시대에 전기가 나간다는 게 말이 될까 싶지만, 비가 세차게 내리든 그렇지 않든 비의 양과 관계없이 '곧 전기가 나가겠지?'라고 마음에 두고 산다. 그래서 비가 내리는 날에는 서둘러 세탁기와 청소기부터 돌린다. 어떤 날은 세탁기에 물이 한가득 담긴 상태에서 전기가 나가 하루 종일 방치된 적도 있고, 개미가 달라붙은 과자 부스러기를 청소기로 치우려 코드를 꽂는 순간 갑자기 탁! 하고 정전된 적도 있다. 그리고 샤워 중이거나 전자레인지에 음식을 데우고 있을 때, 혹은 밤에 아이들을 재우려 할 때 정전이 일어나면 일상이 순식간에 멈춰버린다.

우간다에서는 많은 가정이 빗물을 모아 저장하는 시스템을 사용한다. 물 공급이 일정하지 않거나 수도 시설이 부족한 곳이 많기 때문이다. 우기에는 비가 내릴 때마다 지붕을 통해 빗물을 받아 탱크나 저장 용기에 모은 후, 이를 전기로 끌어올려 생활용수로 사용한다. 그러나 전기가 없으면 빗물 탱크에서 물을 끌어올리는 것이 불가능해진다. 이럴 때는 따뜻한 물을 사용하는 데 어려움이 있지만, 샤워는 가능하다. 또한 여러 전자기기를 충전하는 것도 힘들어진다. 핸드폰과 컴퓨터는 결국 무용지물이 되어버린다. 이런 난감함은 우간다에서 살아가며 피할 수 없는, 아니 이제는 일상이 되어버린 부분이다.

우간다에서는 정전이 자주 발생하지만, 한국인에게는 다소 낯선 경험이다. 한국에서는 전기가 나가는 일이 드물다. 여기서는 전기와의 전쟁을 치르는 기분이 든다. 노트북 앞에 앉아 글을 쓰다가도 순간적으로 전기가 나가, 눈앞의 모든 글이 날아가 버린 적이 한두 번이 아니다. 한참 몰입해서 이야기를 풀어내고 있는데 갑자기 모니터가 꺼지고, 그날 글이 전부 사라져버린 거다. 그런 순간마다 어찌할 도리 없어 한숨이 나오지만, 이제는 그조차도 일상이 되었다. 한번은 외출 준비로 머리를 감고 말리려는데 그사이 전기가 나갔다. 내 머리카락은 말리지 않으면 제멋대로 여기저기 뻗치는데, 어쩌겠는가. 그 상태 그대로 중요한 자리에 나간 경험은 말해 무엇할까.

다행히도 요즘에는 전기가 나가도 조금 더 빠르게 복구되기 시작했다. 그래서 처음처럼 불안하지는 않다. 오히려 이런 단절 속에서 새로운 여유와 의미를 발견하게 되었다. 전기가 나간다는 것은 단순히 불편함만을 의미하는 것이 아니기 때문이다. 그것은 삶에 잠시 멈춤을 주고, 빠르게 흘러가는 하루 속에서 쉼표를 찍는 순간이 되기도 하니까.

내가 사는 곳에는 여섯 가정이 함께 거주한다. 한때 전기가 나가는 일은 우리에게 하나의 작은 축제와도 같았다. 더운 날씨에 전기가 나가면 냉장고 속 음식이 쉽게 상해 식품 보관에 어려움이 생긴다. 그래서 냉장고 속 음식을 전부 꺼내 오고 자연스럽게 모두가 모여 함께 식사하는 시간이 되고는 했다.

낮에는 괜찮지만, 저녁이 되면 모기들이 달려들었고 우리는 파리채를 들고 모기와 싸우면서도 웃음을 잃지 않았다. 그런 불편함조차도 이웃들과 함께라면 즐거운 기억이 되었다. 손전등을 켜고 스마트폰 불빛을 의지해 구운 고기를 나누고 웃음 가득한 대화를 이어가는 시간은 단순한 식사를 넘어 우리를 하나로 연결해 주었다. 또 전기가 나가는 순간은 아이들에게도 특별한 시간이 되었다. 손전등을 들고 그림자를 만들어내며 작은 손으로 새로운 세계를 펼쳐냈다.

우간다에서 전기에 대한 에피소드는 이뿐만이 아니다. 한번은 한 이웃이 4일째 전기가 들어오지 않는다며 다급하게 연락을 해왔었다. 밀린 빨래와 썩어가는 식재료들 때문에 이웃은 지칠 대로 지쳐 있었고 핸드폰 배터리도 거의 다 닳은 상태에서 겨우 연락이 닿았다. 그때 우리 집 전기 사정은 다행히 괜찮았기에 밀린 빨랫감을 가지고 오라며 같이 밥도 먹고 차도 마시자는 말을 남겼다.

전기를 나누는 것은 물론 그동안 나누지 못했던 대화와 서로의 어려움을 덜어줄 좋은 기회라고 생각했다.

하지만 현실은 그렇게 녹록지 않았다. 마치 전기가 '다음 차례'를 알고 있던 것처럼, 그 연락을 주고받은 지 얼마 지나지 않아 우리 집 전기도 나가고 말았다. 이웃과 나는 농담처럼 '오늘 전기는 안녕한가요?'라는 인사를 주고받으며 그 상황을 웃어넘기려 했지만 사실 속은 까맣게 타들어갔다. 전기가 나가면 음식물 처리와 쌓여가는 빨랫감부터가 골칫거리다. 하루 이틀 정도는 어떻게 버텨보겠지만 시간이 길어질수록 불편함이 가중된다.

지금은 전기가 나가도 각자 집에서 조용히 그 시간이 지나가기를 기다리는 경우가 많다. 전기 복구가 빨라지면서 어둠 속에 머무는 시간도 줄어들었고, 사람들은 더 빨리 일상으로 돌아가게 되었다. 이제 어둠이 찾아오면 침묵이 깃들고, 모임 대신 각자 집에서 홀로 그 시간을 보내는 것이 익숙해졌다. 전기가 끊기면 잠시 불편함을 느끼지만, 이제는 그 불편함을 일상의 일부로 받아들이고 있다.

그러나 가끔 전기가 나가는 순간이 찾아오면 불현듯 그 시절이 떠오른다. 함께 모여 음식을 나누고 이야기꽃을 피우던 그 시간이 머릿속을 스쳐 지나간다. 그때 나누었던 대화와 웃음은 여전히 마음속에 따뜻하게 남아 있다. 어둠 속에서의 그 시간은 단순한 불편을 넘어 서로를 깊이 이해하고 가까워질 수 있었던 특별한 순간이었기 때문이다. 그래서 이제는 정전의 순간이 과거처럼 특별하게 느껴지지 않는 것이 가끔 섭섭하기도 하다.

복구가 빨라졌다지만 여전히 전기는 수시로 나간다. 모든 것이 멈추고 그때부터는 또 다른 일상이 시작된다. 핸드폰 배터리가 얼마 남지 않았음을 확인하고, 잠시 후에는 식재료가 상하지는 않았는지 냉장고 문을 열어보는 것처럼 소소한 걱정들이 그 자리를 채운다.

오늘, 비가 억수같이 내렸다. 전기도 덩달아 꺼졌다.

탁!

삶을 바꾸는 마법의 노래

김자영

'모차르트 피아노 협주곡 이십일 번 그 음악을 내 귓가에 속삭여 주며, 프리지어 꽃향기를 내게 안겨줄 그런 연인이 내게 있으면….'

라디오에서 칵테일 사랑이란 노래가 흘러나왔다. 순간 남편과 나는 마주 보면서 씩 웃었다. 누가 먼저랄 것도 없이 흥얼흥얼 따라 불렀다. 노래가 끝나자, 남편이 슬그머니 내 손을 잡는다.

"운전에 집중해. 그렇지만 역시 마법의 노래야."

대학교 때 마로니에 그룹이 발표한 '칵테일 사랑'이라는 노래가 유행했다. 노래가 너무 무해하고, 뭔가 솜사탕처럼 몽글몽글한 느낌이 들어서 나도 좋았다.

하얀 벚꽃이 만개하던 봄날 가장 친한 친구가 반지를 낀 손을 불쑥 내밀었다.

"웬 반지?"

"나 현준 선배한테 프러포즈 받았어. 결혼하고 바로 독일로 유학 갈 거야."

축하한다고 말했어야 했는데 내 입은 꿀 먹은 벙어리처럼 아무

대답도 못 하고 있었다. 함께 공부하면서 나를 좋아하는 줄 알았던 선배가 사실은 내 친구를 좋아하고 있었다. 나는 둘의 비밀 연애를 위한 방패막이였다. 아무 반응이 없자 친구는 반지를 빼서 보여줬다. 반지에는 '칵테일 사랑'이라고 새겨져 있었다. "선배랑 너랑 우리가 전부 좋아했던 노래잖아, 사랑과 우정의 기억을 담고 싶었어."

친구의 말에 반지를 확 던져버리고픈 충동을 누르고 축하한다고 말하고 집으로 오는 버스에 올라탔다. 그날따라 버스에 사람이 많아 앉을 자리가 없었다. 사람들 틈을 비집고 맨 뒤로 걸어갔다. 마침 사람이 내리길래 가서 털썩 몸을 내맡겼다. 창문을 확 열어젖혔다. 선배의 다정한 행동을 오해했던 내가 바보처럼 느껴졌다. 가장 친한 친구라면서 나를 이용하고 늦게 말해준 것도 화가 났다. 우리의 시간을 기억하기 위해 '칵테일 사랑'이라고 새겼다는 말도 거짓처럼 느껴졌다. 창문을 통해 들어온 바람이 머리카락과 옷을 헝클어트렸다. 거리에 지나가는 사람들이 전부 다정한 연인들처럼 보였다. 얼굴을 획 돌려 머리를 좌석에 기대고 눈을 감았다. 내 가슴에도 구멍이 뚫렸는지 바람이 숭숭 들어왔다. 오랜 시간 난 일부러 그 노래를 피하면서 살았다.

어느 날 퇴근한 남편이 프리지어를 사 들고 들어왔다.

"웬 꽃? 돈 아깝게."

"오늘이 무슨 날인지도 모르지? 우리 결혼기념일이야. 너 프리지어 좋아하잖아. 일부러 생각해서 사 왔더니 반응이 왜 그래? 이젠 다시는 안 사줄 거야."

독일에서 스터디 모임으로 남편을 만났다. 우리는 공부는 뒤로 한 채 함께 음악 듣고 자전거를 타고 다니면서 놀았다. 남편이 대학교 때 유행한 노래라면서 '칵테일 사랑'을 들려줬다. 일부러 피하던 노래였는데 남편과 한창 연애 중이어서 그랬을까? 아니면 아픈 기억도 시간이 지나면 무뎌져서 그랬던 걸까? 남편이 틀어준 그 노래에선 여전히 몽글몽글한 솜사탕 맛이 났다.

남편에게 친구와 있었던 일을 이야기했다. 이야기를 다 듣고 나더니 남편은 갑자기 볼일이 생겼다며 나갔다. 돌아온 그의 손엔 거칠게 꺾은 노란색 들꽃이 들려 있었다.

"나중에 돈 많이 벌면 그땐 진짜 프리지어로 사줄게."

갑자기 시야가 뿌옇게 흐려졌다. 서걱거리던 마음을 좋은 기억으로 바꿔준 남편이 고마웠다.

IMF가 터지고 우리는 공부하던 걸 송두리째 접고 한국으로 올 수밖에 없었다. 학위가 없는 우리를 받아주는 곳은 없었다. 설상가상으로 나는 허리를 다쳐 꼼짝도 할 수 없는 상황이었다. 우리에게 학위와 직장을 기대하던 친정은 문전박대하며 쫓아냈다. 아무 결과도 없이 돌아온 우리는 엄청난 불효자식이었다. 갈 곳 없던 우리는 결국 시부모님 집으로 들어갔다. 10평 남짓한 빌라였는데 소방차가 들어갈 수 없는 산꼭대기에 있었다. 들어간 첫날 우리는 아무 말도 할 수가 없었다. 시어머님이 해주신 된장찌개와 따뜻한 밥이 목으로 넘어가지 않았다.

남편은 그 뒤로 천 건도 넘게 이력서를 넣고 면접을 보러 다녔다. 스스로 면접의 달인이라고 불렀다. 그런데도 매번 낙방했다. 결국, 벌이도 없이 몇 달을 지내야 하자 막노동을 나갔고 난 아픈 허리에 어린아이를 돌보며 전전긍긍하는 하루하루를 살았다. 완전히 달라진 우리의 모습은 대학 동기뿐만 아니라 주변의 모든 사람과도 담을 쌓고 살게 했고, 굴속에 들어가 사는 사람처럼 그렇게 살았다. 단비처럼 면접 합격 소식이 전해졌지만, 남편은 자존심이 상해서 도저히 못 하겠다며 회사에서 삼 개월을 버티지 못하고 뛰쳐나왔다.

"지금 자존심이 문제야? 앞으로 어떡할 거야? 우리 다 죽자는 거야?"

부모님이 계시니 소리를 지르진 못하고 그렇게 나지막하게 밤마다 독한 소리를 퍼부었다.

소망도 없이 힘들게 하루를 버티면서 지낸 어느 날, 모르는 전화가 한 통 왔다. 독일에서 친하게 지내던 언니가 내 번호를 수소문해서 전화한 거였다. 피아노 전공을 한 언니는 이번에 연주회를 하는데 오라고 했다. 아이도 어리고 아파서 안 될 것 같다고 거절했지만, 언니는 팸플릿과 함께 표를 보내왔다. 갈 생각이 없었기에 열어보지도 않았다. 남편은 나더러 아이를 맡기고 음악회에 가자고 했다. 아직도 정신을 못 차린 듯싶은 남편이 한심하기 짝이 없어 보였다.

"가고 싶으면 당신이나 가"라고 쏘아붙였다. 언니는 표 받았냐고 다시 전화했고, 보고 싶다며 꼭 오라고 신신당부했다. 거듭되는 언니의 간청에 못 이기는 척 결국 난 남편과 연주회장을 찾았다. 화려하게 드레스를 입고 연주하는 언니는 너무 이뻤고, 손뼉을 치고 있는 나는 초라해 보였다. 연주회 보는 내내 마음이 편치 않았는데 갑자기 남편이 팸플릿을 가리키며 나를 툭툭 쳤다.

"이것 봐, 모차르트 피아노 협주곡 21번이 있어. 기억 안 나? 칵테일 사랑."

이쁜 드레스를 입고 손이 날아갈 듯 치는 언니의 피아노 협주곡 21번을 듣고 있자니 예전의 나로 돌아간 것 같은 기분이 들었다. 남편의 손에 들려 있었던 들꽃과 함께 자전거 타며 다녔던 거리도 생각이 났다. 아무 말 없이 우리는 연주가 끝나기를 기다렸다.

집으로 오는 길 남편이 불쑥 먼저 말을 꺼냈다.

"고생시켜서 미안해. 다시 맘 잡고 열심히 살아볼게. 프리지어 사준다는 약속 꼭 지킬게."

갑자기 손에 따뜻한 온기가 느껴졌다. 남편이 내 손을 잡은 것이다. 남편이 잡은 손을 뿌리치지 않고 그냥 잡힌 채로 걸어갔다. 드라마도 아닌데 거짓말처럼 '칵테일 사랑'이 흘러나왔다. 알고 보니 남편이 핸드폰으로 튼 거였다.

"붕어빵이라도 사 갈까? 어머님 은수 보시느라 힘드셨을 텐데, 당신 돈 있어?"

내가 묻자, 남편은 주머니에서 2천 원을 꺼냈다.

"나 담배 끊었거든. 그래서 담뱃값 대신 모으는 중인데 여기 이천 원 있어."

솜사탕 맛이 나는 몽글몽글한 노래를 들으면서 뜨거운 붕어빵이 든 봉지를 들고 집으로 들어갔다.

누구나 기억 속에 저장되어 있는 추억의 노래 하나쯤은 있을 것이다. 내겐 '칵테일 사랑'이 그랬다. 아프게 할 때도 있었고 행복하게 만들어주기도 했다. 삶이 힘들어서 가슴이 시릴 때 내 마음에 온기를 전해주기도 했다. 이쯤 되면 내 인생 마법의 노래 아닌가!

4 도로 위, 인생의 소리를 듣다

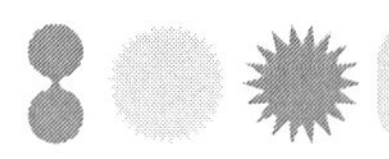

김하연

처음 운전대를 잡고 도로에 나섰을 때, 모든 것이 두려웠다. 빠르게 달리는 차들 사이에서 이제 막 걸음마를 뗀 아기처럼 조심스러웠다. 도로 위의 작은 움직임에도 예민하게 반응했고, 넓은 직선 도로에서도 브레이크를 밟으며 속도를 내지 못했다. 사고가 날까, 길을 잘못 들까 두려움이 앞섰다. 그러나 시간이 지나며 깨달았다. 아무리 조심해도 사고는 언제든 일어날 수 있고, 누구나 길을 잘못 들 때가 있다는 것을.

두려움 때문에 운전을 멈추기보다는 담담하게 앞으로 나아가기로 결심했다. 그렇게 어느새 어엿한 선배 운전자가 되었다. 지나가는 초보 운전 차량을 볼 때면, 과거의 내가 떠올라 용기 내어 걸어온 길이 뿌듯하게 느껴진다. 두려움과 서투름으로 가득했던 길이지만, 이제는 그 위를 담담히 걸으며 성장한 나 자신을 마주하게 된다.

어디를 가든 차와 함께 움직이다 보니, 차가 마치 내 몸의 일부, 내 다리처럼 느껴진다. 차에서 들리는 소리들이 어느새 내 삶의 일부분이 되어 친숙함과 동질감을 느낀다. 정신없이 달리다 빨간 불 앞에 멈추면, 시동이 잠시 잦아들며 엔진 소리도 조용해진다. 잠깐의 정적이 바쁜 삶에 뜻밖의 위로가 되어, 차가 멈추는 순간 나도 함께 정지한다. 짧지만 소중한 이 시간이 내게 쉼을 주며, 그제야 비로소 지나쳐 온 세상이 눈에 들어온다. 차창 너머 펼쳐지는 건물들과 울창한 가로수가 바쁜 삶 속에 작은 쉼표를 찍어준다. 창문을 통해 따스한 햇살이 차 안을 가득 채우며 마음에 잔잔한 평안이 찾아온다. 그동안 이 모든 것을 놓친 채 앞만 보고 달려왔음을 문득 깨닫는다.

'무엇을 위한 뜀박질이지?'

질문이 채 끝나기도 전에 파란불이 켜진다. 엔진 소리가 다시 울리며 차체가 서서히 앞으로 나아가고, 차들이 하나둘 출발하며 도로가 다시 분주해진다. 마치 경주마처럼 모두가 출발선에서 앞다투어 속도를 올린다. 그 흐름에 뒤처질까 나도 모르게 가속페달을 밟는다. 질문에 답을 찾지 못했지만, 일단은 발걸음을 재촉해본다. 고요함은 잠시뿐, 커지는 엔진 소리에 맞춰 모두가 바쁜 일상으로 돌아간다.

우리는 같은 도로 위에 있지만, 각자 다른 이야기를 싣고 각기 다른 리듬으로 달린다. 택시는 수많은 사람들의 목적지를 향해 달리며, 그 안에는 스쳐 지나가는 승객들의 웃음과 눈물, 대화와 침묵이 담겨 있다. 학원 차는 아이들의 꿈과 미래를 싣고 길 위를 달려간다. 어떤 차에는 사랑하는 가족들의 식탁을 위한 식재료가 실려 있고, 또 다른 차는 사랑하는 이를 보내며 마지막 배웅을 하는 사연이 담겨 있다. 사람마다 그 안에 담긴 인생의 이야기가 다르듯, 서로 다른 차들이 같은 도로 위에서 저마다의 여정을 만들어 간다. 하루를 마치고 집으로 돌아오는 길, 주차장에 들어서며 비로소 차는 속도를 줄인다. 한참을 달리고 나서 내일을 위해 주차할 공간을 찾아 헤맨다. 마침내 차를 멈추고 시동을 끄면, 차 안을 가득 메우던 엔진의 울림과 도로 위의 소음이 차츰 사라지고, 정적 속에서 깊은 안정을 느낀다.

학교에 다닐 땐 10분의 쉬는 시간이, 회사에서는 잠깐의 점심시간이 쉼 없이 달리던 오늘을 환기해주었다. 모두가 당연하게 여기는 일상이었지만, 내겐 항상 마땅한 이유와 목적이 필요했다.

"왜 학교에 다녀야 해? 왜 이 회사에 다녀야 해?"

"학생이니까 학교에 다니지, 회사는? 안 그러면 뭐 먹고 살래?"

내겐 너무나 중요한 질문들이었지만, 듣는 이들에게는 매우 이상한 질문으로 여겨졌다. 진지하게 생각해보려 할 즈음에는 이미 주어진 휴식 시간이 끝나고, 곧장 일상으로 복귀해야 했다. 모두가 그렇게 살기에 어느새 나도 이를 당연하게 여기도록 스스로를 속이며 바쁜 발걸음을 옮겼다. 하지만 때때로 여전히 남아 있는 의문들이 나를 괴롭혔고, 그런 질문들로 인해 나 또한 스스로를 어딘가 이상하게 바라보기도 했다.

이렇게 반복되는 일상 속에서 나는 어디를 향하는지도 모른 채 그저 열심히 달렸다. 때로는 운 좋게 뜻밖의 목적을 이루기도 하고, 예상치 못한 상황에 멈춰 서기도 했다. 어떤 차도 계속해서 달리기만 할 수는 없듯이, 막히는 도로와 헷갈리는 길, 서로 얽히는 경로 속에서 뜻한 대로 나아가지 못할 때도 많았다. 지쳐 나아갈 힘이 없을 때면 급하게 주유소를 찾아 에너지를 보충하고 앞으로 나아갈 방법을 고민하곤 했다.

멈추고 싶었지만 그럴 수 없었다. 주어진 길을 부지런히 달리는 것이 너무나 당연하다는 주변의 시선과 압박에, 나 자신을 어쩔 수 없이 몰아붙였다. 다른 사람들이 가는 길을 애써 따라가다 결국 탈이 나고 말았다. 자동차가 갑작스러운 고장으로 정비소를 찾았고, 수리 기간이 길어져 한동안 도로를 떠나 있어야 했다.

그동안 나를 괴롭히던 질문들을 무시하며 그저 앞으로만 달리다 결국 고꾸라졌고, 오랜 시간 병명 없는 병에 시달려야 했다. 보란 듯이 치고 나가는 차들을 보며 불안하고 조급한 마음이 커져 갔다. 그러나 곧 나아질 줄 알았던 병세가 지속되면서, 다시는 도로 위를 달릴 수 없겠구나 하는 생각에 모든 기대를 내려놓게 되었다. 내일에 대한 소망 없이, 그렇게 처음으로 지금의 나에게 집중할 때 비로소 질문에 대한 깊은 답을 듣게 되었다.

'나는 나야.'

그토록 목적 없이 달리던 차의 엔진 소리와 주변의 소음이 완전히 사라지자, 나는 마침내 나 자신을 마주하게 되었다. 항상 나와 함께했지만, 그동안 제대로 알아주지 못했던 나 자신에게 사과했다. 있는 그대로의 나를 인정하며 다시 앞으로 나아갈 힘을 얻었다.

"이유를 모를 땐 잠시 멈출 여유를 가져도 돼. 남들이 모두 달릴 때에도, 네가 움직이고 싶지 않다면 쉬어도 돼. 우리 모두가 각기 다른 얼굴로, 각기 다른 목적지를 향해 나아가는 만큼 서로를 비교하는 것은 불가능해. 우리는 모두 다른 쓰임새로 같은 도로를 달리고 있고, 서로의 영역을 존중하며 조화를 이뤄가고 있어. 모두가 달릴 때에도, 나는 널 기다려줄게."

처음에는 멈추는 것이 옳지 못한 선택이라 생각하며 끝없이 나아갈 용기가 필요했다. 하지만 열심히 달리다 보니 멈추는 데에도 용기가 필요하다는 것을 배웠다. 처음 운전을 배울 때 느꼈던 서투름과 두려움이 낯선 쉼을 마주할 때에도 똑같이 느껴졌지만, 이제는 이 또한 익숙한 감정이 되었다. 도로 위에서의 경험이 하나둘 쌓여간다.

이제 나는 타인의 시선에 얽매이지 않고, 나만의 길을 가기로 결심했다. 내가 원하는 방향과 나의 이야기를 고민하며 오롯이 나아간다. 가끔은 천천히, 가끔은 멈추고, 또다시 달리며 자유함 속에 나의 여정을 완주할 것이다. 빨간불, 잦아드는 엔진 소리에 잠시 쉼을 가져본다. 파란불이 켜져 모두가 달리기 시작했음에도, 나는 갓길에 차를 세우고 오늘의 휴식과 함께 나아갈 방향을 점검해본다. 나로서 나아가는 이 길이 참 좋다.

5 내 주변의 모든 소리가 음악

문혜진

한때, 몇몇 가수에 푹 빠져 지냈던 시절이 있었다. 고등학생 때는 솔리드, 일본 비주얼 록 밴드, H.O.T와 젝스키스 같은 가수들의 노래가 내 세상을 가득 채웠다. '캔디'라는 노래가 나왔을 때는 음악에 따라 춤도 열심히 췄었다. 카세트와 테이프를 들고 다니면서 귀가 먹먹해질 때까지 들었다. 외부의 소리를 막고 머리를 가득 울리는 음악 소리가 홍겨웠다. 큰 소리 내지 못하는 나를 대신해 크게 외치는 목소리에 쾌감이 느껴졌다. 열정적으로 가수와 노래에 빠져 있던 때였다.

대학교에 다니며 학원에서 강사 생활을 할 때는 라디오를 즐겨 들었다. 내가 음악을 선택할 필요 없이 알아서 틀어줬기 때문이다. 그냥 틀어놓으면 시간대별로 다양한 음악이 나와서 아이들과 그림만 그리는 시간에 배경음이 되어줬다. 아침에는 잔잔한 음악과 영화 음악, 점심때에는 재밌는 콩트와 최신 음악이 나왔다. 4시가 넘어가면 예전 내가 청소년 때 들었던 음악이 나오고, 이후에는 더 오래된 노래들이 나왔다. 늦은 시간까지 작업할 때는 '별이 빛나는 밤'과 마왕 신해철의 라디오를 듣기 위해 졸음을 견디기도 했다. 콕 집어 기억하는 노래는 없지만, 어느 순간 작업을 하면서 음악을 즐겨 듣게 되었다. 이 당시 음악은 심심하게 흘러가는 시간과 공간을 채워주는 배경음이었다.

가사를 곱씹으며 눈물 흘리는 사람들이 이해 가지 않았었다. 그런 감성을 가지게 된 건 첫 연애 이후였다. 처음 연애를 시작했을 때 남자 친구가 싸이의 '연예인'이라는 노래를 불러주었다. 처음으로 나를 향한 노래에 엄청나게 두근거렸다. 이후 대중가요는 내 마음을 건드는 사랑 노래처럼 들렸다. 남자 친구에게 불러주고 싶어서 연습했었던 노래를 불렀다. '연애시대'에 나왔던 노래였는데 왜 그걸 불러주려고 했는지 이해가 안 간다. 목소리는 덜덜 떨리고 눈물은 나고 높은음은 안 올라갔다. 지금 생각해도 얼굴이 빨개진다.

음악에 추억이 겹치니 머릿속에 각인되는 걸 처음으로 경험했다. 연애 감정과 음악이 합쳐지면 사람을 참 감성적으로 만들었다. 만남에도 노래가 따라서 오더니 이별, 그리고 새로운 인연도 노래로 연결되었다. 첫 이별 후에 갈피를 못 잡던 나에게 길잡이가 되었던 노래가 있었다. 하림의 '사랑은 다른 사랑으로 잊혀지네'를 들으며 이별을 잘 견디기 위해서 다른 만남이 이어져야 한다고 생각했다. 어서 다른 사람과 연애하며 잊어야지 하며 다시 열의를 불태웠었다. 이후로 노래를 들으면 가사가 들리고 울기도 하고 다짐도 하고 기복 있는 음악 듣기가 한동안 지속하였다. 가끔 당시 들었던 노래가 나오면 그때의 감성이 떠오르곤 한다.

질풍노도의 연애시대를 보냈던 나에게 다시 음악은 배경음으로 돌아왔다. 그런데 이전과는 다른 소리였다. 나에게 음악은 드라마 속 배우들의 대화가 되었다. 이전에는 온갖 감정을 토해내는 드라마가 버거웠다. 그러다가 학교를 졸업하고 집에 있으면서 엄마와 같이 아침부터 저녁까지 드라마를 챙겨 보게 되었다. 그때야 드라마에 빠지는 이유를 알게 되었다. 사건에 얽힌 인물들의 행동이 이해되기 시작했다. 끝나는 부분에서 정말 사람을 애간장 태웠다. 매일 나오는 드라마를 보며 일주일을 견뎠다. 연애물을 볼 때면 손끝이 곰실곰실, 심장이 간지러웠다.

재미를 알고 때마다 내가 선호하는 드라마를 챙겨 보기 시작했다. 넷플릭스를 보기 시작하면서 반복해서 보는 드라마가 생겼다. 여러 번 볼 수 있게 되면서 일을 할 때 음악이 아닌 드라마를 틀어놓고 하기 시작했다. 처음 드라마만 볼 때는 마음이 급해 건너뛰면서 넘겨보는 경우가 많았다. 그러다가 작업을 할 때 틀면 뛰어넘었던 부분의 소리도 들을 수 있다. 몰아서 대충 보던 드라마를 틀어놓고 끊는 것 없이 보다 보면 새로운 부분을 발견했다. 일에 너무 집중하면 들리지 않을 때도 있긴 했지만 그래도 괜찮았다.

내가 자주 봤던 드라마들은 '질투의 화신', '도깨비', '더 킹', '미스터 션샤인', '응답하라 시리즈'다. 현실과 판타지가 적절히 섞여 있고 비극과 해피엔딩이 적절히 섞인 로맨스 드라마들이다. 그리고 대사가 아주 재밌다. 가끔 손발이 짧아지는 느낌이 들기도 했지만 익숙해졌다. 수도 없이 틀어놓다 보니 굳이 화면을 보려고 노력하지 않아도 머릿속에 그려진다. 드라마에서 들려오는 소리가 아기들이 들으면 마음이 편해진다는 백색 소음과 같이 느껴진다. 그리고 내가 선택하지 않아도 끊임없이 흐르면서 공간을 채워주니 멍하니 그림을 그릴 때 도움이 된다.

또 다른 소리는 카페에서 사람들의 대화 소리다. 나는 카페에 자주 간다. 커피 마시며 책을 읽기 위해서다. 내가 주로 가는 시간대가 오전이다 보니 아이들을 등교시키고 찾아오는 학부모들이나 운동 후 이야기를 나누러 오는 사람들이 많다. 옆에 앉아 있으면 종종 의도치 않게 사람들의 대화가 들려온다. 그 대화들이 나의 인간관계에 도움이 되기도 한다. 사람들의 대화를 듣고 있으면, 자연스럽게 잘 어울리는 태도가 무엇인지 관찰할 수 있다.

예를 들어 대화를 음악 듣듯 경청하고, 적절히 고개를 끄덕여 반응해주면 분위기가 부드러워진다. 거기에 짧게 맞장구를 넣어주면 반응이 더 좋다. 마치 노래가 끝나면 다음 곡이 자연스럽게 이어지듯, 상대의 이야기가 끝나면 내 이야기를 덧붙여도 대화는 매끄럽게 나에게 넘어온다. 만약 할 말이 없다면 다음 곡을 기다리듯, 다른 사람이 말을 이어가길 기다리면 된다. 굳이 내가 먼저 말하려고 서두를 필요가 없는 것이다. 사람을 대하는 것이 어려운 내게는 이처럼 주변에서 보고 듣는 대화가 작은 배움의 기회가 된다. 내가 모든 상황을 경험할 수 없으니, 사람들이 관계를 맺는 모습을 관찰하고 그 속에서 나만의 팁을 얻어가는 것이다.

집에서는 남편이 틀어놓는 음악과 아이들의 목소리가 들린다. 내가 화를 내고 마음을 추스르고 있으면 딸이 와서 엄마 숨을 크게 들이마셨다가 천천히 내쉬어보라고 말해준다. 학교에서 배운 마음 다스리는 법이라며 알려준다. 아들은 방에서 계속 "엄마, 이것 봐" 하며 나를 부른다. 초등학교 4학년이면 스스로 할 법한 일도 나를 부르며 양말 신겨달라, 로션 발라달라 요청한다. 남편은 아침이 되면 연주곡이나 인디 음악을 튼다. 아침에 음악 소리가 들리면 나도 자연스럽게 일어나 집안일을 한다.

가족이 틀어놓은 음악 소리, 아이들의 목소리가 나를 움직이게 한다. 아이들이 등교하고 남편이 출근하면 나는 잠시 카페에 다녀왔다가 집에 돌아와서 내 자리에 앉는다. 넷플릭스를 틀고 집안일, 그날 해야 할 일들을 하나씩 한다. 흠뻑 빠져들어 열정적으로 듣던 노래도 없고, 새로운 감정을 불러일으키는 음악이 예전처럼 생기지는 않는다. 하지만 어느 공간에서든 나를 움직이게 하고 감싸는 편안한 소리로 가득하다.

6 달리는 기차와 피날레가 만났을 때

배유진

9월에 고등학교 미술부 동창들을 만났다. 수희, 배성이, 그리고 혜진이와 2년 전 부산으로 떠났던 2박 3일 여행을 시작으로 10월 5일 두 번째 여행을 계획했다.

혜진이가 당일치기로 괜찮다고 공유한 곳은 군산이다. 서해금빛 열차 타고 군산에서 내려 가이드와 함께 근대화 거리, 고군산군도와 선유도를 둘러보는 코스다. 기차 안은 카페처럼 꾸며놓은 힐링실, 일반실, 온돌마루실로 나눠져 있다. 온돌마루는 전통 한옥 분위기의 온돌방으로 6인까지 가능하고 예약도 어렵다고 한다. 우린 기차표를 예약하려는 배성이에게 부담 주지 않으려고 일반석이어도 괜찮다 했다. 배성이는 한 달 전부터 온라인 오픈런을 했는지 온돌마루실 예매에 성공했다.

여행 앞두고 대만을 강타한 태풍 '끄라톤'도 힘을 잃고 사라졌다. 날씨는 좋을 텐데 몸 상태가 별로다. 으슬으슬 추워 옷을 껴입었다. 전기 포트에 물을 담고 버튼을 눌렀다. 쌍화차 한 포를 뜯어 머그컵에 가루를 부었다. 쌀쌀한 바람이 들어와 거실 창문을 닫았다. 이 컨디션에 갈 수는 있나.

기차 여행에 먹거리는 역시 양보할 수 없나 보다. 모닝커피가 있어야 한다는 배성이, 아침 식사로 샌드위치 추천하는 혜진이, 퇴근하면서 차 안에서 먹을 에너지바 샀다는 수희. 우리는 설레는 마음을 간식으로 표현했다. 나도 며칠 전 사다놓은 구운 맥반석 계란을 준비했다. 드디어 여행 당일이다. 아침 일찍 배성이와 수희를 용산역 안내 부스에서 만나 기차 타러 내려갔다. 혜진이는 수원역에서 타고 저녁에 돌아올 땐 용산에서 내린다고 했다.

서해금빛열차가 도착했다. 기차 통로를 지나니 온돌마루실이 보였다. 나무로 만든 쪽문 윗면의 잠금장치를 풀었다. 세계 최초 한옥식 온돌 마루답게 잘 꾸며놓았다. 우리 넷이 들어가기에 아늑했다. 천장은 양쪽으로 뚫려 있었고 방마다 세워진 벽이 가림막 역할을 했다. 맞은편 창밖은 커다란 병풍을 연상케 했다. 차창 위로 전통 사각 등도 걸려 있었다. 온돌마루 아래에 신발을 벗고 올라갔다. 들어가자마자 바닥을 물티슈로 쓱쓱 닦고 벽에 온도 조절기를 켜니 따뜻해졌다. 다리를 쭈욱 펴고 마주 보고 앉아 가방에서 간식을 하나둘 꺼냈다. 강냉이부터 손이 갔다. 달달한 커피도 맛있다. 기차가 출발하자마자 한강철교를 건넜다.

"얘들아, 나 오늘 환자야. 잘 돌봐줘야 해."

"너 여기 배 깔고 누워라. 뜨끈뜨끈하니 좋다."

수희가 걱정해주니 다 나은 기분이다. 셋은 온돌바닥에 누워 창밖의 파란 하늘을 바라봤다. 수원역에서 혜진이가 기차에 올라탔다. 내 목소리 들리는 방으로 따라왔다고 한다. 아파도 들뜬 분위기에 소프라노 톤이었나 보다. 옆방의 웃음 데시벨도 만만치 않다. 역시 여행은 적막보다 시끌벅적한 소리가 어울렸다. 세 시간도 모자란 수다는 우리를 군산으로 데려다주었다.

역에 도착하니 선글라스를 낀 가이드가 연계 버스로 안내했다. 마이크로 흘러나오는 군산 이야기가 재밌어서 가는 동안 지루하지 않았다. 버스는 우리를 군산 경암동 철길 마을과 근대 문화 역사 거리로 데려갔다. 수희는 네 컷 사진을 찍어보자고 우리를 불렀다. 작은 공간에 네 명이 들어가니 꽉 찼다. 다들 처음이라 카드를 어디에 꽂는지, 안내 소리에 따라 어떤 버튼을 누르는지 우왕좌왕했다. 카메라가 어디에 달렸는지 몰라 눈동자가 헤매다가 찰칵. 자리 이동 중 자빠질 뻔했는데 친구가 붙잡아주면서 찰칵. 이제 좀 알겠다 싶어 제대로 찍어보려는데 찰칵. 웃다가 촬영이 끝났다.

그날의 사진처럼 친구들의 순수함은 변함없었다. 출출하던 참에 연탄불에 구운 주황색 쫀드기 하나 사다가 입에 물었다. 점심시간 소고기뭇국 집 대기 번호가 60번 대라도 좋았다. 근처를 둘러보고 우리 차례가 되어 식당에 들어갔다. 보글보글 끓는 뚝배기 안에 소고기가 듬뿍 들어 있다. 뜨거운 국을 식혀가며 먹으니 친구들 이마에 땀이 맺혔다.

선유도 둘레길로 향했다. 야외 단체 컷이 없어 혜진이는 지나가는 젊은 여성에게 사진을 부탁했다. 여성은 세로 컷, 가로 컷, 아웃 포커스 등 다양하게 찍었다.

"다른 포즈도요. 여기보다 저쪽 배경이 이뻐서 저기서도 찍어드릴게요."

고맙게도 무려 열세 장을 찍어주었다.

또 다른 장소인 고군산군도 유람선에 올라탔다. 유람선은 주변에 동동 떠 있는 섬들 사이로 속도를 냈다. 커다란 엔진 소리는 친구 목소리에 귀를 기울이게 했다. 선실 안에서 퍼지는 확성기 소리를 들었는지 갈매기들이 강아지처럼 졸졸 따라온다. 자연과 가까워지니 이 순간을 오래 담아두고 싶어 달리던 유람선이 잠시 멈췄으면 했다.

용산역에 저녁 8시 46분에 도착하는 KTX를 탔다. 몸살약 기운 때문인지 눈꺼풀이 무겁다. 차창에 어둑한 하늘을 보다가 스르르 눈을 감으니 레일 위를 달리는 기차 소리만 들렸다.

갑자기 천둥처럼 웅장한 소리와 사람들의 경탄에 깜짝 놀라 눈을 떴다. 내 맞은편 차창에서 들렸다. 서울 세계 불꽃축제 현장이다. 우린 마침 한강철교를 지나고 있었다. 폭죽이 터질 때마다 차창 가까이 불꽃이 타오르면서 하늘에 아름다운 광경이 펼쳐졌다. 노란 점들이 각각 커다란 원을 이루며 공중에 떠 있었다. 한 개의 불꽃이 터졌을 때의 크기는 차창 하나에 담을 수 없을 만큼 컸다.

불꽃은 10여 초 만에 사라졌지만 황홀했다.

인터넷을 검색해 보니 불꽃축제 20주년이라고 한다. 한국, 일본, 미국이 참가했는데 마침 피날레 장면을 보게 된 거다. 이 순간을 카메라에 담으려 휴대전화를 꺼내는 찰나 축제가 막을 내려 아쉬웠다. 기차 안의 사람들도 흥분을 가라앉히며 웅성댔다. 창가에 바짝 붙어 있던 혜진이도 뒤늦게 동영상을 찍으려는데 창문에 비친 자기 모습만 보였다고 했다. 혜진이가 말했다.

"얘들아, 올겨울엔 눈꽃 열차 타자!"

'우리 여행은 아직 끝나지 않았어! 수변에서 관람하는 사람들의 감탄까지 들리다니!' 기차 안에서 피날레 후에 긴 여운이 남았다. 나도 모르게 튀어나왔던 감탄사는 일상을 감칠맛 나게 했다. 우리가 어디에 있든 그 장소에서만 들리는 소리가 있다. 소리는 치유의 힘이 있었다. 올봄부터 계속 지쳐 있었기에 잠깐의 휴식이 필요했다. 멀지 않은 가까운 장소로 이동만 해도 생각이 정리되고 스트레스가 풀렸다.

여행은 일상에서 들을 수 없는 소리를 들려준다. 내 마음에 귀 기울이게 되고 나를 돌보며 새로운 다짐도 했다. 어쩌면 평소에 듣는 익숙한 소리로부터 잠시 떠나고 싶었는지도 모른다. 여행은 무뎌진 일상을 깨웠다. 마음의 쉼을 찾아가는 여행길에 소리는 소음이 아니었다. 마음을 치료하는 병원에 다녀온 듯 집으로 돌아오는 길은 가뿐했다. 다음을 기약한 겨울 여행에서는 어떤 소리를 만나게 될까.

7 매미들의 합창 소리

원성욱

30년이 넘었어도 잊히지 않는 합창의 기억이 있다. 1988년 서울 올림픽을 맞아 예술의 전당에서 세계 합창제가 열렸다. 당시 서울 올림픽과 함께 예술의 전당을 개관하면서 올림픽을 기념하는 세계 합창 축제가 열렸다. 1988년 이전에는 우리나라에서 세계적인 음악가들의 음악을 접할 기회가 적었다. 그 당시 대규모 음악 공연이 가능한 곳은 광화문에 있는 세종문화회관뿐이었다. 이전에는 클래식 음악에 특화된 공연장이 없었는데, 예술의 전당이 클래식 음악 전용관으로서 처음 개관한 것이었다.

설레는 마음으로 합창제 마지막 날 공연을 보러 갔는데, 좌석 맨 앞에서 두 번째 줄에 앉게 되었다. 올림픽을 앞두고 처음으로 전문 클래식 음악 공연이 가능한 예술의 전당에서 열리는 세계 합창제에 큰 기대를 안고 관람했다. 고등학교 시절 학교 축제에서 중창과 합창에 참여해본 적은 있지만, 세계적인 합창팀의 노래는 수준이 달랐다. 1부 순서가 마무리되고 2부에는 그 합창제에 참가한 모든 출연자 약 500명이 함께 나와 베토벤의 '환희의 송가'를 합창했다. 그 소리를 둘째 줄에 앉아서 듣다가, 그야말로 심장이 터질 것 같은 웅장한 소리에 압도당한 기억이 지금도 생생하다. 그렇게 압도할 만한 합창을 매년 여름마다 듣게 되는데, 그것은 매미들의 합창 소리다.

지금 사는 아파트 단지가 조성된 지 30년쯤 되어, 단지 안에 있는 나무와 단지 바로 옆 산책길의 나무들은 적어도 10미터 이상 높이로 자라며 잎도 무성하다. 여름 끝자락에, 나무에서 아침마다 매미의 우렁찬 합창을 듣다 보면 35년 전 세계 합창제의 감격이 떠오른다.

매미라는 이름은 매미의 울음소리인 '맴'에 접미사 '이'를 붙여서 만든 것이다. 매미는 유충으로 대략 7년 정도를 땅속에서 서서히 성충으로 자라는 기간을 갖는다. 그러나 성충으로 세상에 나온 뒤에는 짧게는 2주에서 길어야 한 달 정도만 산다. 7년을 땅에서 지내다가 여름에 2주 정도의 짧은 시간 동안 세상에 나와 아침마다 들려주는 그들의 합창은 강렬하다. 매미는 수컷만 우는데, 그 소리는 짝짓기를 위한 구애의 소리라고 한다. 아침에 그렇게 울었던 매미 가운데 많은 수는 오늘이 마지막 합창에 참여한 날이었다.

누군가 멋진 연주를 하기 위해 7년 동안 최선을 다해 준비하고, 단 한 달만 갈고닦았던 솜씨를 뽐낼 수 있다면 그 간절함은 어떨까? 그 한 달의 시간에 자신의 갈고닦은 연주로 누군가의 마음을 훔쳐 사랑이 이루어지지 않으면, 결국 아무것도 남기지 못한 채

가야 할 운명이라면 그 애절함은 얼마나 깊을까?

가수 유재하의 '사랑하기 때문에'를 들으면 지금도 마음이 애절해진다. 그의 노래도 그렇거니와, 그의 재능을 다 꽃피우지 못하고 젊은 날에 교통사고로 세상을 떠난 것을 생각하면 그의 음악은 때로 절규처럼 들린다. 매미의 울음소리를 들으면 그런 심정으로 들려서인지 시끄러운 소리 같지 않다. 자신을 꽃피우기 위해 인고의 노력을 하다가 막상 빛을 발할 때, 일찍 요절한 천재 음악가의 애절한 음악을 들으면 더 절절히 다가오듯 매미 소리도 그렇게 들린다. 우리 인생에도 각자 애절한 절규가 있을 것이다.

길을 가다가 공사를 하기 위해 아스팔트를 깨는 소리를 듣게 되면 너무 시끄러워 귀를 막고 지나가게 된다. 매미들의 합창 소리의 크기는 그런 공사장 소리와 맞먹는다. 다른 소리 같으면 매미의 울음소리는 귀를 막을 만큼 소음처럼 느껴질 것이다. 하지만 이상하게 매미의 합창은 크면 클수록 멋진 오케스트라의 교향곡 클라이맥스처럼 다가온다. 그들에게는 사랑의 짝짓기를 위한 소리라고 하지만 그 생존본능이 우리 마음에 생존본능을 깨우는 걸까?

매미들의 합창을 들으면 마음이 벅찬 이유는 아마도 그들의 소리가 내가 세상을 향해 지르고 싶은 소리와 닮아 있기 때문일 것이다. 매미는 7년을 유충으로 준비하며 살아야만 비록 한 달이라도 세상을 향해 마음껏 자신의 소리로 존재를 나타내며 살다 간다. 매미의 합창을 듣다 보면 '나의 세상을 향한 소리는 음악이었을까, 소음이었을까?'라는 생각으로 자신을 돌아보게 된다. 우리 안에는 세상을 향해 마음껏 표현하지 못한 소리가 있을 것이다. 아마도 세상을 향해 자신의 삶을 불태우듯 소리를 지르는 매미를 부러워한 것일 수도 있다.

한여름 더위에 몸도 마음도 지치기 쉽지만, 일생의 마지막 순간에 온 힘을 다해 합창하는 매미의 소리는 마음을 깨운다. 이른 아침부터 땀이 나는 날씨에 지치기도 하지만, 매미들의 합창을 들으면 '제 인생의 마지막 합창을 들으며 힘을 내세요'라고 외치는 듯하다. 매미가 합창하면 잠시 눈을 감고 그들이 나를 위해 최선을 다해 준비한 합창이라고 생각하며 듣는다.

장마도 길고 무더운 여름날 아침에 매미의 합창은 발포 비타민과 같다. 시원한 물에 발포 비타민을 녹여 마시면 그냥 비타민보다 바로 힘이 나는 것 같다. 어찌 그 소리를 듣고 덥다고 투덜거리기만 한 채 무기력하게 하루를 보내겠는가!

지치기 쉬운 여름의 끝자락에 들려오는 매미의 합창은 정신을 차리게 하는 알람과 같다. 매미들의 합창은 나에게는 소음이 아니라, 격려의 응원이다. 오늘이 마지막인 매미는 더욱 애절하고 간절하게 소리를 내는 걸까? 우리 각자에게 주어진 시간이 매미보다는 훨씬 길어도 세상을 향해 나의 소리를 발할 시간은 그렇게 길지 않다. 그 시간을 헛된 잡담이나 아무 의미 없는 것들로 채우며 살고 싶지 않다.

매미들의 합창으로 그런 마음의 다짐을 새로 하며 가을로 향한다. 이 여름 매미의 합창이 내 마음에도 힘이 되듯, 내 안에서 나는 소리가 누군가에게 힘이 되기를 바란다. 그래서 나는 아침에 매미의 합창을 들을 때 이미 청명한 하늘을 보며 마음을 풍성한 결실을 기대하는 가을로 보낸다.

8 나를 살리는 소리

윤미선

10년, 20년이 지나도 멋스러운 옷이 있다. 매해 유행은 바뀌지만 언제 입어도 촌스럽지 않은 것이 바로 명품이다. 음악도 마찬가지다. 같은 세대에 살아본 적 없는 할머니의 할머니 시대에 나온 음악을 지금까지 듣고 들어도 질리지 않는다면 그 음악은 명곡이다. 그런 의미에서 내게 명곡은 가수 박정현의 노래들이다. 들을 때마다 박정현의 목소리와 멜로디 그리고 가사에 흠뻑 빠진다.

출근하려고 차에 시동을 걸었다. 오늘은 무엇을 들으며 출근할지 고민한다. 평소에는 수업을 듣거나 구독하는 유튜브 채널을 들으면서 운전한다. 하지만 비 내리는 아침에는 어김없이 박정현 노래를 들었다. 감성이 마음에 가득 찰 때 내 귀는 음악이 필요했다. 최신 노래부터 랜덤으로 재생이 되었고 어느새 '편지할게요'가 흘러나왔다. 1999년 발매된 박정현의 2집에 수록된 대표 음악이다. 이 노랫소리가 귀로 흘러 들어가면서 잠시 닫아두었던 과거의 문을 열었다. 한 편의 영화 파노라마처럼 기억이 떠올랐다.

고1 때 친구가 들어보라며 내 귀에 이어폰을 꽂아주었다. 그때 처음으로 이 노래를 들었다. 듣자마자 박정현의 음색에 반해서 음반을 샀고 박정현의 팬이 되었다. CD 플레이어를 가지고 다니면서 틈날 때마다 들었다. 작은 몸집에서 나오는 폭발적인 음량과 매력적인 보이스에 푹 빠졌다. 작은 키가 콤플렉스였던 나였기에 더욱 그녀가 멋있어 보였는지도 모른다. 친구들로부터 내가 박정현과 이미지가 비슷하다거나 닮았다는 얘기를 들으면 팬으로서 내심 기분이 좋기도 했다.

'편지할게요'를 들으면 고1 때의 학교 교실과 친구들이 떠오른다. 고등학교에 막 입학해서 설렘이 가시지 않았고 남녀 간의 풋풋한 핑크빛 연애로 사건 사고가 끊이지 않았던 그때의 모습이 이 노래에 다 들어 있다. 3집 타이틀 곡인 'You mean everything to me'를 들으면 고등학교 2학년 2반 교실이 머릿속에 그려지며 친구 얼굴이 한 명씩 그 안에 채워진다. 호랑이 담임 선생님 아래 그 어느 반보다 단합이 잘되고 따뜻한 분위기로 가득 찼던 교실과 반 친구들이 생각난다. 이미 20년이 훨씬 넘었지만 나는 여전히 음악을 통해 친구들의 얼굴을 기억한다. 비록 20년 전에 멈춰 있는 10대 고등학생의 얼굴이지만 말이다.

노래마다 떠오르는 기억이 달랐다. 음반이 나올 때마다 한 해를 그 음악과 함께 살았다. 그래서 음악마다 떠오르는 기억도, 친구들도 다르다. 속상한 일이 있을 때 혼자 방에 틀어박혀 음악을 듣던 모습도 스쳤다. 어쩌면, 나는 20년도 더 지난 과거의 내 학창 시절이 그리워서 자꾸 박정현의 노래를 듣는 걸지도 모른다. 음악을 듣고 있으면 어느새 나는 10대 소녀가 되어 있었다.

박정현의 '미아' 노래를 들을 때마다 마음이 아프다. 30대 초반, 내가 가장 힘들었던 때로 기억이 흘러가기 때문이다. 회사를 창업하고 몇 년 지나지 않았을 때다. 어둑해진 밤, 집 앞 공원을 걸었다. 귀에는 이어폰을 꽂고 '미아'를 들었다. 회사가 힘든 상황이었고 앞으로 나갈 방법을 찾지 못했을 때, 내게는 이 노래뿐이었다.

'길을 잃어버린 나, 가도 가도 끝없는…'

가사를 들을 때마다 혼자 공원을 힘없이 걸었던 내 모습이 떠오른다. 과거의 내가 안쓰러워 가슴이 미어지기도 하고, 잘 버텨주어 고맙기도 하다. '미아' 노래는 과거의 나를 살렸으며, 현재 삶에 감사할 수 있게 해준다.

노래를 통해 기억은 10년 전으로도 가고 20년 전으로도 간다. 바쁜 현실에서도 예전의 내 모습을 자주 떠올릴 수 있다. 앞으로 20년 후에 난 어떤 음악을 듣고 있을까? 지금의 나를 꺼내 보고 있을 수도 있다. 언제를 살든 음악을 통해 과거를 꺼내며 지나온 시간을 추억할 수 있다. 내 현재의 삶은 어떤 음악 안에 담아볼까?

눈을 감아도 떠도 캄캄한 그 순간, 숨이 막혀왔다. 숨을 들이마시고 뱉기조차 쉽지 않았다. 심장이 요동치고 온몸이 점점 뜨거워졌다. 또다시 방을 뛰쳐나가야 하나 고민하며 조금만 견뎌보자고 침대에 누운 상태로 버텼다. 내 옆에 남편, 그리고 방 양쪽에 아이둘이 각자 침대에 누워 자고 있었다. 안에서부터 올라오는 공포감을 밀어 넣으려 심호흡했다. 아이들의 숨소리가 들렸다. 들이마시고 내쉬고, 각자 규칙적으로 내는 숨소리가 방안에서 어우러졌다. 아이들의 쌕쌕거리는 소리를 들으니 숨 막힐 것 같은 답답함이 조금씩 가라앉았다.

'세상에 둘밖에 없는 내 새끼들이 저렇게 편하게 잘 자는데, 너는 뭐가 그렇게 불안한 거니.'

더욱 숨소리에 집중했다. 불안을 조금씩 잠재웠다. 숨을 쉬어야 사는 건데, 그조차 쉽지 않을 때 극도의 공포감이 몰려오곤 했다. 그때 아이들의 숨소리는 나와 가족 모두 이 순간 함께 존재한다고 알려주며 내가 잠들 수 있게 도와줬다.

3년 전 잠시 찾아왔던 공황장애는 초기에 약 먹으며 잘 고쳤다. 하지만 한번 겪어봤다면, 살면서 언제든 다시 또 겪을 수 있다고 한다. 나는 아주 가끔 밤에 공포감을 만난다. 그럴 때마다 숨소리에 귀를 기울이며 불안한 마음을 다스린다. 요즘엔 일찍부터 수면 독립을 시킨다지만 나는 아직 아이들과 한방에서 같이 잔다. 아이들이 엄마, 아빠와 함께 자고 싶어 하기도 하지만 사실은 내가 불안한 이유가 크다. 나는 엄마 품에서 심장 소리 들으며 안정 찾고 싶은 갓난아기가 되어버린 것일까.

밤늦게까지 내 방에서 일을 끝내고 침실로 들어왔다. 남편과 아이들의 숨소리가 들렸다. 가족의 숨소리가 방 안에 그리고 내 두 귀에 가득 들어차면 그때 비로소 나는 편하게 잠이 들었다. 앞으로 밤마다 평생 들을 수 있는 소리가 아니다. 지금은 매일 들을 수 있는 이 소리가 나중에는 참 그리울 것 같다. 방을 가득 메운 숨소리를 들으며 잘 날이 얼마 안 남았다. 아이들의 숨소리는 음악처럼 저장하고 꺼내 올 수 있는 게 아니다. 매일 들어도 질리지 않는 명곡이지만, 소장할 수 없는 한정판이다. 숨소리를 곁에서 들을 수 있는 이 순간을 감사하며 푹 빠져본다.

어떤 소리는 과거의 나를 불러오고, 또 어떤 소리는 현재 내가 존재한다는 걸 알려준다. 소리는 많은 걸 담을 수 있다. 하지만 내가 의미를 어떻게 부여하느냐에 따라 그저 잡음이나 일회용이 될 수도 있고 평생 잊지 못하는 소리가 될 수도 있다. 내가 의미를 부여하는 순간 소리는 나를 기억하게 하기도 하고 나를 살리기도 한다. 나는 음악과 소리를 통해 지나온 인생을 기억한다. 특별하지 않은 오늘도 미래의 내가 기억할 수 있게 음악을 틀어본다. 지금도 즐기고 미래에도 즐거울 수 있게, 과거와 현재와 미래를 음악의 선율로 연결해본다.

9 난청에서 얻은 소중함

이유경

세상에는 당연하게 여기는 것들이 많다. 매일 보는 것, 듣는 것, 느끼는 것, 그러나 만약 그중 하나라도 사라진다면, 내 삶은 얼마나 달라질까?

나는 그 질문에 답할 수밖에 없는 상황을 겪었다. 그 경험을 통해 내가 가지고 있는 감각들의 소중함, 그리고 그것들이 사라졌을 때 느끼는 고통을 깨달았다. 일상에서 누리는 당연한 것에 대한 감사를 발견했다. 어쩌면 나는 일상의 많은 것들을 당연하게 여긴다. 그러나 그 당연한 것들이 사라졌을 때, 비로소 그것들의 가치를 깨달았다.

청력을 잃으면 세상이 고요해질 것이라고 예상했다. 그러나 실상은 정반대였다. 세상이 오히려 더 시끄러웠다. 물속에 들어가 있는 듯한 먹먹함이 24시간 지속되고 윙윙거리는 소리가 귓속에서 맴돌았다. 장애를 가진다는 건 선택의 폭이 줄어듦을 의미한다. 일반적으로는 소리를 선택적으로 받아들이고 차단할 수 있다. 하지만 청각장애로 인해 내 힘으로 차단하지 못하는 소리가 생겼다. 소리나 감각을 잃는 것이 나와는 전혀 상관없는 일이라고 생각했다. 직접 겪고 나니 그것이 얼마나 무서운 것인지 깨달을 수밖에 없었다. 그 경험은 가진 감각들의 소중함을 깨닫게 했고, 삶에 대한 태도도 변화시켰다.

난청은 어느 날 갑자기 찾아왔다. 왼쪽 귀가 통증 없이 꽉 막힌 듯 답답했다. 귀 이상 증세는 처음 겪어 보았기 때문에 단순한 중이염이라고 생각했다. 일이 바빠 치료를 미루며 지냈고, 퇴근길에 겨우 병원에 가서 진료를 받았다. 의사는 청각 테스트를 권유했지만 나는 지금도 잘 들리는데 무슨 난청이냐며 부정했다. 테스트 결과, 일부 소리가 들리지 않는다는 사실을 받아들여야만 했다. 그때의 공포는 이루 말할 수 없었다. 앞으로 세상 소리를 듣지 못하는 삶을 상상하기 시작했고, 그 생각만으로도 숨이 막힐 정도였다. 마치 물속에 있는 것처럼, 불쾌한 소리가 내 머릿속을 울렸다.

난청을 겪으면서 가장 궁금했던 것은 그 원인이었다. 나는 수시로 원인을 찾아보았다. 의사도 다양한 원인이 있을 수 있다며, 정확히 단정할 수 없다고 했다. 나 자신을 잘 알고 있는 사람은 나뿐이었다. 나의 생활 방식을 곰곰이 돌아보기 시작했다.

내 일상은 항상 바빴다. 업무에 쫓기다 보니 자연스럽게 수면 시간을 줄였고, 충분한 휴식을 취하지 못했다. 불면증으로 한쪽 귀에 이어폰을 끼고 음악이나 영상을 들으며 잠들곤 했다. 피곤함 속에서 이어폰을 장시간 착용한 것이 나의 청각에 나쁜 영향을 미쳤을 가능성이 컸다. 이 상황을 되짚어보면서, 결국 내 잘못된 생활 습관에 대한 경고임을 깨달았다. 생활 습관을 점검할 필요가 있음을 절실히 느꼈다. 건강을 돌보지 않고 계속해서 무리한 생활을 이어간다면, 그 대가는 고스란히 자신에게 돌아올 것이라는 교훈을 얻었다. 이 경험을 하면서 나는 최악의 상황까지도 생각해 보게 되었다.

부모님께서 가르쳐주신 것 중 하나가 바로 '최악의 상황을 대비하라'였다. 나는 문득 한쪽 청력을 영원히 잃게 된다면 어떻게 살아가야 할지 고민하게 되었다. 만약 내 왼쪽 귀의 청각이 완전히 돌아오지 않는다면, 나는 앞으로 어떻게 소리와 세상을 느껴야 할까? 이런 생각은 나에게 두려움을 주었지만, 동시에 내가 가진 것에 대한 새로운 감사함도 일깨워주었다. 한쪽 귀가 들리지 않는다면 어떨까? 나는 그 상황을 떠올리며, 다행히 다른 쪽 귀가 여전히 들린다는 사실에 감사함을 느끼게 되었다.

극한 상황에서 감사를 찾기는 쉽지 않았지만, 부모님께 얻은 교훈이 오히려 마음의 평안을 찾는 방법이 될 수 있었다. 또한 깨달은 것이 있었다. 절망적인 상황에 나를 몰아넣는다고 해서 달라지는 것은 없다는 사실이었다. 상상 속에서 나를 최악의 상황에 놓고 고통을 떠안는 것보다, 지금 내가 가진 것에 감사하고 그것을 기반으로 앞으로의 삶을 설계하는 것이 더 중요하다는 것을 깨달았다.

이 경험을 통해 나는 이동우 씨의 이야기를 떠올렸다. 그는 시각을 잃었음에도 음악을 통해 자신의 삶을 표현하며, 많은 사람에게 감동을 주었다. 그의 삶은 나에게도 큰 영감을 주었다. 이동우 씨는 시각장애를 극복하며 자신의 꿈을 포기하지 않았고, 시각이 아닌 다른 방식으로 세상을 느끼며 음악을 이어갔다. 그의 이야기는 '세상을 느끼는 방식이 달라질 뿐, 우리의 열정과 꿈은 사라지지 않는다'는 메시지를 나에게 전달해주었다.

다행히도, 치료를 통해 서서히 청각이 회복되기 시작했다. 그때의 기쁨은 이루 말할 수 없을 정도였다. 아침에 눈을 떴을 때 먹먹한 소리가 사라졌다. 세상의 소리를 내가 선택적으로 들을 수 있다는 것에 감사했다. 원하는 소리를 골라 들을 수 있는 선택권이 나에게 얼마나 큰 의미인지 알 수 있었다. 그 순간부터 모든 감각에 대한 감사함을 느끼기 시작했고, 이 경험이 나의 일상을 바라보는 시각을 완전히 바꾸어놓았다.

내가 가진 감각에 감사하다. 청각은 단순히 소리를 듣는 능력이 아니라, 세상과 소통할 수 있게 해주는 중요한 수단이다. 우리가 가진 감각들—시각, 촉각, 미각, 그리고 청각—모든 감각은 삶을 충분히 즐기도록 연결해주는 다리 역할을 한다. 내가 그 소중한 수단을 한때 잃을 뻔했다는 사실을 생각하면, 나는 매일매일 감사하지 않을 수 없다.

청력 상실을 통해 깨달은 것은 단지 소리의 중요성만이 아니었다. 나는 이 경험을 통해 우리가 일상에서 얼마나 많은 것들을 당연하게 여기고 있는지를 새롭게 인식하게 되었다. 건강, 시간, 그리고 인간관계, 이 모든 것들은 우리가 매일 누리지만 쉽게 잃어버릴 수 있는 것들이다. 청력을 잃을 뻔한 경험은 나에게 그 모든 것들에 대해 더 깊이 감사하는 마음을 가르쳐주었다.

우리는 소중한 것들을 잃기 전까지 그 가치를 깨닫기 어렵다. 그러나 내 경험을 통해 나는 미리 감사할 수 있는 기회를 얻었다. 듣는 것, 보는 것, 느끼는 것 등의 모든 감각이 얼마나 소중한지 깨닫고, 그 소중함을 매일매일 기억하며 살아가고 있다.

10 마음의 휴식, 소중한 순간

장소정

아침이 밝아오자, 알람 소리가 울렸다. 익숙한 일상의 시작이다. 출근길에 울리는 자동차 경적과 사람들이 지나가며 나누는 대화, 끊임없이 울려 퍼지는 사무실 전화벨 등의 소리는 나를 재촉하는 듯 귓가를 맴돈다. 문득, 이런 소리에서 벗어나고 싶을 때가 있다. 그럴 때 자연에 가면 모든 게 다르다. 산에서 들려오는 바람 소리, 바다에서 울려 퍼지는 파도 소리, 숲속의 새소리, 계곡을 따라 흐르는 물소리까지. 나를 재촉하지도, 피곤하게 만들지도 않는다. 오히려 마음을 부드럽게 감싸며 나를 조용히 쉬게 한다.

그래서 나는 사람이 많이 없는 조용한 자연의 공간을 좋아한다. 나에게 위로를 주기 때문이다. 그곳에는 오직 자연의 소리만이 나와 함께한다. 시끄럽고 분주한 도시에서 멀리 벗어나, 이곳에서 비로소 나 자신과 마주할 수 있다.

9월 중순, 가족과 늦은 여름휴가를 떠났다. 성수기가 지나고 평일에 놀러 간 백담계곡은 한적했다. 맑은 물이 반짝이며 흐르는 계곡을 보자마자 기분이 좋아졌다. 휴가의 설렘 속에서 나는 어린아이처럼 들떠 있었다. 물이 얼마나 깨끗한지 물속에서 스노클링을 하며 투명한 물 너머로 작은 물고기들이 헤엄치는 모습과 반질거리는 돌멩이들을 구경했다.

그날 물놀이와 계곡을 둘러싼 그림 같은 풍경도 좋았지만, 무엇보다 나를 사로잡은 것은 물소리였다. 물놀이를 하던 중, 사람들과 조금 멀리 떨어진 곳으로 걸어갔다. 사람들과 멀어질수록 물소리가 더욱 크게 들려왔다. 바위에 걸터앉아 발을 물에 담그고 끊임없이 흘러가는 물을 보니 생명력이 느껴졌다. 시원한 물이 발끝을 감싸며 물소리가 나를 따스하게 안아주었다. 가만히 물소리에 귀를 기울였다. 눈을 감으면, 물소리는 한층 더 또렷하게 들렸다. 적당한 햇빛과 시원한 바람은 그 순간을 더 환하게 만들어줬다. 물줄기가 바위와 바위를 타고 흘러내리며 만들어내는 청아한 소리는 자연이 들려주는 음악 같았다. 쉼 없이 흐르는 계곡물 소리가 나를 가만히 붙잡고 있었다. 물소리는 내 고민과 걱정을 잊게 했고, 마치 시간이 느리게 가는 것처럼 느껴지게 했다.

그 소리에 푹 빠진 채, 생각했다. 왜 그동안 이런 소리를 놓치며 살아왔을까? 일상에서 무심코 지나친 고요함을 이제야 찾아낸 것 같았다. 물줄기는 쉼 없이 흐르며 바위에 부딪혀 내려간다. 강하게 흘러가는 물줄기 아래에서는 소리가 힘차게 울려 퍼졌고, 잔잔히 흐르는 곳에서는 섬세하게 조율된 악기처럼 소리가 부드럽게 흐르며 나를 감쌌다. 그날 계곡에서 많은 시간을 보냈다. 물소리는 줄곧 내 귀에 맴돌며 내 마음을 쓰다듬어주었다. 도시에서 잊고 살았던 평온함이 물소리와 함께 내 안에 차올랐다.

또 자연의 소리가 주는 평온함을 강하게 느꼈던 곳은 바로 합천에 있는 해인사였다. 그곳은 고즈넉하고 평화로운 분위기로 유명하다. 해인사의 '해인'은 불교에서 삼라만상의 참된 모습이 물속에 비치는 경지를 가리킨다. 이는 우리가 보이는 것만으로는 알 수 없는 진리를 깨닫는 경지, 즉 본질을 마주하는 순간을 뜻한다.

해인사로 가는 길은 가파르고 길었다. 한여름 더위에 경사진 산길을 오르니 땀이 쉬지 않고 흘러내렸다. 가끔 발걸음을 멈추고 뒤를 돌아보며, 언제 끝날지 모르는 이 길이 다소 버겁게 느껴졌다. 목적지에 도착하자마자, 벤치에 앉아 한숨을 돌렸다. 산바람이 불어오자 이내 식어가는 땀. 피곤함은 점차 사라지고, 고요함이 나를 감쌌다. 세상과 단절된 듯한 정적 속에서, 오랜만에 진정한 평온함을 마주했다. 벤치에 홀로 앉아 있자니, 내 귀에는 오직 산속에서 불어오는 바람 소리와 멀리서 들려오는 새들의 지저귐만이 남아 있었다. 두 소리가 어우러져 하나의 조용한 선율을 만들어내고 있었다. 숨을 고르고, 그 시간을 온전히 느꼈다. 자연의 소리가 마음속 깊이 스며들면서 내 안에 있던 긴장과 스트레스는 서서히 녹아내렸다. 잔잔한 공간 속에서 나는 내면으로 깊이 들어가는 듯한 평안함을 경험했다.

해인사는 팔만대장경으로도 유명하지만, 그날 내게 큰 인상을 남긴 것은 전나무 아래에서의 시간이었다. 신라 시대에 심어진 이

나무는 수 세기 동안 수많은 이야기를 간직한 듯, 그 자리에 묵묵히 서 있었다. 팔만대장경을 둘러본 후 전나무 아래에 놓인 벤치에 앉았다. 눈을 감고 명상했다. 조용한 자연 속에서 느껴지는 평화, 그곳에서 들리는 소리는 나를 차분하게 만들었다. 자연의 소리가 주는 담담한 분위기는 도시에서 느낄 수 없는 고요한 위안이었다. 이후로, 바쁜 일상에서도 잠시 멈추고 자연의 소리에 귀 기울이는 시간을 가지려 노력한다.

해야 할 일들은 쌓여 있는데, 시간은 늘 부족하게만 느껴졌다. 일하고 틈틈이 관련 공부를 이어갔지만, 그마저도 충분하지 않다는 생각에 걱정이 많았다. 모든 다 잘하고 싶은 마음에 욕심이 많아졌다. 그러던 중, 자연에서 들었던 소리로 마음을 다잡을 수 있었다. 우선순위를 되짚어보았다. 지금 진정으로 중요한 일이 무엇인지 고민하면서, 불안과 걱정만으로는 달라지는 게 없다는 생각이 들었다. 중요한 일부터 차근차근히 해나가고, 균형 잡힌 삶을 위해 작은 것들에 얽매이지 말자는 다짐을 하니, 어지러웠던 머릿속이 정돈된 듯 깨끗해졌다.

일상의 소음과 혼잡함 속에서 벗어나 자연의 소리에 집중하는 것은 마음의 쉼표를 찍는 행위였다. 가끔 백담계곡의 물소리를 떠올리면 바쁜 일상에서도 마음이 차분해졌다. 해인사 벤치에 앉아 들었던 바람 소리 역시 내 귓가에 맴돌며 나에게 나직이 위로를 건네주는 듯하다. 자연은 언제나 그 자리에서, 바쁘고 지친 나를 품어주고 다시 나 자신에게로 이끌어주는 힘이 있다.

마음의 GPS가 있다고 가정해본다. 자연의 소리는 내가 어디에 있든 내 마음을 안내해주고, 힘들고 지칠 때 다시 방향을 잡아준다. 내가 길을 잃지 않도록 도와준다. 그 소리에 귀를 기울일 때마다 내가 어디로 가야 할지, 어떻게 살아가야 할지 깨닫는다. 그런 순간들을 통해 마음의 안녕을 다시 찾는다. 평온 속에서 내가 누구인지, 무엇을 원하고 있는지 더 명확하게 알게 된다. 일상에 쫓기며 놓치고 있던 중요한 것들을 되찾게 되는 것이다.

그래서 혼자만의 시간을 갖는다. 집에서 잠시 눈을 감고, 마음속으로 그때의 물소리와 바람 소리를 떠올리며 나 자신에게 집중한다. 오늘 하루를 어떻게 보냈는지, 앞으로 어떻게 살아가고 싶은지 천천히 묻는다. 그렇게 조용한 시간 속에서 다시금 나를 찾고, 삶의 리듬을 되찾는다. 이제는 내 안의 소리를 더 소중히 여기며 자주 귀 기울이려 한다.

제3장

내면을 울리는 메아리

1 누구도 외롭지 않기

김미주

굿모닝!

익숙하게 새벽에 눈을 뜬다. 카톡 이모티콘을 고르면서 하루를 시작한다. 오늘은 화창한 걸 보내고, 내일은 사랑스러운 걸 보내자고 생각한다. 잠에서 덜 깨어 실눈 뜨고 고를 때도 있고, 말끔하게 책상에 앉아서 고르기도 한다. 나의 하루를 시작하는 첫 행동이다. 영어 소리 코치로 일하고 있어서 매일 카톡으로 소리를 듣고 피드백을 준다. 내가 보낸 첫 인사가 회원들이 눈 떠서 받는 하루의 첫 연락이길 바란다.

이런 시간이 하루 이틀 지나다 보면 회원들과 마음이 열리는 타이밍이 온다. 수십 명 되는 회원 중에 유독 마음 가는 회원들이 존재한다. 서로 깊은 대화를 나누지 않아도 잘 통하고, 위로를 주고받는 그런 관계가 된다. 내가 먼저 응원을 하지만, 회원들의 따뜻한 말 한마디로 나 역시도 그날의 에너지를 얻는다. 정말로 마음이 깊어지면 나도 모르게 저절로 "사랑합니다" 이모티콘을 보내거나 직접 말을 건네게 된다. 그러면 자연스럽게 "사랑합니다"라는 답장을 받게 되고, 이 순간은 나에게 기적처럼 느껴진다.

얼굴 한 번 본 적 없고 함께 시간을 보낸 적도 없지만, 한 달 남짓한 짧은 시간 안에 서로 사랑하는 감정이 생겨나는 걸 보면 참 신기하다. 여기서 사랑은 상대에 대한 존중, 연민, 신뢰가 한데 뭉쳐져 있는 따뜻한 감정이다. 피드백을 주고받는 시간 안에서만큼은 마음이 무척이나 풍요로워진다. 회원에게는 내가 보내는 사랑으로 더 열심히 하고 싶고, 저절로 성장하고 싶은 원동력을 만들어준다. 내가 잘하고 있다는 생각이 들고, 나를 믿고 따라와주는 회원에게 고마운 마음이 생겨 더 잘하겠다는 다짐을 하게 한다. 나는 그저 내 일을 한 것뿐인데, 회원이 주는 따뜻함이 나에게 에너지가 되돌아온다. 한 개라도 더 주고 싶은 마음으로 일 자체가 너무도 행복하다.

최근 민수 회원을 코칭했다. 그가 잘되었으면 좋겠다는 마음으로 마구 도와주고 싶었다. 그런데 어느 날 갑자기 연락이 뚝 끊겼다. 톡 해도 답이 없고, 그냥 잠적했다. 무슨 일이 있는 건 아닌지, 어디가 아픈 건 아닌지, 이렇게 갑자기 연락이 끊어질 일이 없는데 걱정되기 시작했다. 일주일이 지나 연락이 왔다.

"코치님, 제가 너무너무 서운했어요!"

가슴이 철렁 내려앉았다. 서운했다는 말 한마디에 내가 지금껏 회원들에게 최선을 다했다는 마음이 모래성 무너지는 기분이었다. 늦게라도 연락을 주어서 고맙다고 전하면서 이유를 물었다.

"마지막 보내드린 파일에 피드백이 없으셨어요."

아! 그때 기억이 났다. 나는 분명 피드백을 줬다고 생각했는데, 뭔가 다르게 느껴졌던 걸까. 피드백의 내용 때문이기도 했겠지만, 나의 반응이 예전과 다르게 느껴져서 서운함을 느꼈던 것 같다.

처음 코치가 되었을 때 세 가지를 결심했었다. 첫째, 회원을 외롭게 하지 않는다. 둘째, 열정에 같이 발을 맞춘다. 셋째, 무조건 잘되는 사람이라고 생각한다. 나는 첫 번째 결심을 어긴 셈이 된 것이다.

"미안합니다. 전 피드백을 드렸다고 생각하고 다음 파일을 기다리고 있었습니다. 그런데, 제가 더 세심하게 챙겨야 했는데, 부족했습니다. 앞으로도 계속 도와드릴 거고, 앞으로도 잘 지내고 싶어요. 소리 파일 보내주시고, 저와 함께 훈련해요. 다음 달 연장은 제게 중요하지 않으니 등록 안 하셔도 됩니다. 진심이에요."

스쳐 가는 인연일지라도 외롭게 했던 사람으로 기억되기보다는 다정한 사람으로 남고 싶다. 기계 너머로 전달되는 소통은 서로 소통 방식이 달라 한계에 부딪히기도 한다. 어쩌면 누군가는 맡은 책임을 했으면 된 거지, 이렇게까지 일을 해야 하냐고 물을지 모르겠다. 그러나 나와 함께하는 사람이라면 그 누구도 외롭게 만들고 싶지 않다. 누군가가 표현을 잘 해주면 나랑 잘 맞는 사람이라고 쉽게 생각한다. 좋은 감정이 들면 좋다고 서슴없이 표현한다. 나쁜 감정을 숨기는 것도 힘들다. 다행인 건 나는 사람의 좋은 면만 보고 싶다. 웬만하면 누구든 좋아 보이고, 훌륭하고 사랑스럽다. 그래서 더욱, 한 명의 회원이 나 때문에 속상했기에 더 표현하고 싶었다.

"난 당신 옆에 있어요. 서운해 마세요. 외로워 마세요."

나만의 방식대로, 나만의 표현대로.

스마트폰과 인터넷으로 하는 업무가 늘어나고, 언제 어디서나 쉽게 내 일을 할 수 있게 되었다. 그 탓에 사무실이 없어도 손에 스마트폰 하나만 들고 있으면 종일 일만 하는 기분이 들 때도 있다. 쉬는 시간도 없이 말이다. 쉬는 시간이 생기면 쉬어야 하는데, 오히려 휴식 중에도 유튜브나 인스타그램 같은 SNS에 빠질 때가 있다. 옆에 있는 사람과도 대화가 부족해지면서 표면적인 소통에 그치는 경우가 많아졌다.

나는 SNS에서 활발히 활동하지 않지만 가끔 들어가면 나와 비슷한 관심사를 가진 사람과 소통한다. 그렇게 해도 SNS에서는 깊이 있는 소통으로 발전하지 못하는 걸 느낀다. 이는 피상적인 관계로 인한 공허함이 아닐까 싶다. 별것 아닌 말로 쉽게 기분이 상하고, 의도하지 않은 말로 상처받기도 한다. 아직 그런 경험은 많이 없지만, 기분 나쁜 댓글보다는 좋아요 혹은 하트를 잘 눌러주려 한다. 혹은 마음 따뜻한 글을 올려주기도 한다. 그것이 내가 모르는 사람들에게 하는 사랑 표현 방식이다. 더 깊은 대화를 나누면 좋겠지만 최소한 상대방의 이야기에 공감하는 표현이 좋다.

SNS상에서도 사랑의 감정은 떠다닌다. 하트라는 그 작은 모양은 별것 아닌 듯해도 누군가에게는 엄청난 마음의 위로를 해줄지도 모른다. 직접 얼굴을 보고 스킨십하고 대화를 많이 하지 않아도 충분히 서로의 감정을 담아낼 수 있다. 내 옆에 있는 동료든, 가족, 친구, 회원이든, 그리고 SNS에서 모르는 사람이든 말이다. 좋은 칭찬 또는 격려의 말 한마디가 그날의 하루 아니면 미래까지도 영향을 미칠 수 있는 걸 알고 나니, 더 많이 표현해야겠다는 생각이 든다. 사랑한다고 말하면서 살았으면 좋겠다.

누구도 외롭지 않게, 나도 외롭지 않게!

2 선교사가 아닌 것 같은데

김소현

우간다에 온 지 한 달 된 최미희 선교사와 카페에서 차를 마시며 시간을 보낸 적이 있다. 커피 향은 은은하게 공간을 채우고 있었고, 시원한 바람이 우리의 피부를 스쳤다. 그녀는 나보다 먼저 우간다에 적응한 사람 같았다. 차분하고도 고요한 분위기 속에서 두 손을 깍지 낀 채 천천히 차를 마시더니 갑자기 조심스레 말을 건넸다.

"선교사인데, 선교사가 아닌 것 같은 느낌이 들었어요."

그 말을 듣는 순간 마음이 철렁 내려앉는 듯했다. 그 단어 하나하나가 내 머릿속을 복잡하게 만들었다. 무슨 뜻일까? 내가 선교사로서 부족한 모습으로 비친 걸까? 아니면 내가 여기에 와서 해야 할 일을 제대로 못 하고 있는 걸까? 불안한 마음에 잠시 침묵했다. 차를 마시는 손이 잠깐 멈췄고, 주변의 잔잔한 소음이 갑자기 멀게 느껴졌다. 나 스스로가 선교사로서 충분히 역할을 다하지 못하고 있다는 자책이 밀려왔다. 내가 이렇게 글을 쓰고 있는 것도 혹시 선교사가 해야 할 일과는 거리가 먼 것처럼 보였던 걸까? 머릿속이 혼란스러워지고 수많은 생각이 엉켜버렸다. 그 순간 그의 말을 오해한 건 아닌지 걱정되기 시작했다. 정말 내게 실망한 건 아닐까? 내 모습을 어떻게 바라본 걸까? 하지만 그녀는 이런 내 생각을 읽기라도 한 듯, 조용히 웃으며 말을 이었다.

"제가 들었어요. 글을 쓴다고 하더라고요."

그 한마디에, 마음에 평온이 찾아왔다. 오히려 이해와 공감의 시선으로 나를 바라보고 있었다. 얼굴에는 따뜻한 미소가 어리기 시작했고, 그 미소는 내 마음을 차분하게 해주었다. 이어서 그는 자신이 왜 그런 말을 했는지 설명해주었다. 선교사가 아닌 것 같은 느낌이 들었던 이유는, 나에 대해 조금 더 알기 전에 느꼈던 첫인상이라고 했다. 하지만 글을 쓴다는 이야기를 듣고, 나만의 방식으로 이곳에서 사명을 감당하고 있다는 것을 깨달았다고 했다. 그래서 글쓰기를 응원해주었고, 그것이 선교의 또 다른 형태가 될 수 있음을 진심으로 인정해주었다. 힘내라고, 잘될 거라며 따뜻한 응원의 말도 건넸다.

내 마음 깊은 곳에 담긴 고민과 혼란을 들킨 것 같은 그날. 누군가가 나를 이해해준다는 건 참으로 위로가 되는 일이기에 그 자리에서 그만 눈물을 흘리고 말았다. 나 자신이 참 가엾게 느껴진 순간이었다. 선교사 훈련도 받고 공식적으로 파송도 받았지만 내가 받은 부르심은 다른 선교사들이 이야기하는 부르심과는 조금 달랐다. 보통의 선교사들은 특정 나라나 그곳에 사는 사람들을 향한 강한 사명감을 가지고 사역에 임한다. 그들의 부르심은 명확했다.

그러나 나에게 주어진 부르심은 조금 다른 방향으로 향하고 있었다. 우간다로 오기 전, 내 마음속에 깊이 새겨진 부르심은 '네 삶이 글이 될 거야. 그리고 그 글이 너에게 멋진 여행이 될 거야'라는 메시지였다. 그 부르심은 우간다로 향하는 길목에서 큰 울림으로 다가왔고, 나는 그 길을 따라 이곳에 오게 되었다. 그래서 다른 선교사들과 조금 다르게 보였을지도 모른다. 아마도 그 선교사 또한 그런 점을 알아챈 것이 아닐까 싶다. 선교사이면서도 선교사 같지 않은 느낌을 받은 이유가 바로 그것일 테니.

그 후로 시간이 조금 흘러 우간다에서 첫날을 맞았을 때 또 다른 사람이 내게 했던 말이 생각났다.

"글 써서 돈이 되는 것도 아니고, 그게 그렇게 중요한 일도 아닌데 그걸 왜 하지? 초등학교 애들을 가르치거나 다른 봉사를 하면 선교에 도움이 될 텐데."

그 말을 들었을 때 속상하고 화가 나기도 했다. 글쓰기는 나에게 매우 중요한 일인데 왜 그 가치를 알아주지 않는 걸까. 글을 쓰는 일이 선교나 봉사와는 거리가 멀다고 인정받지 못하는 현실이 안타까웠다. 글쓰기를 통해 나만의 방식으로 세상을 바라보고, 내가 그랬듯 사람들에게 위로를 전하고 싶은 마음이 있었다. 하지만 그런 내 마음을 이해하지 못하는 이들에게는 그저 현실에 맞지 않는 일로 보였던 거다. 그 질문은 오랜 시간 동안 내 마음에 남아 있었다. 그러나 시간이 지나면서 나는 결국 각자에게 주어진 부르심이 다르다는 것을 깨닫게 되었다. 그리고 그 부르심에 따라 각자 주어진 재능으로 살아가는 것이 중요하다는 것도 배우게 되었다. 누군가에게는 현장에서 직접 봉사하거나 교육을 통해 사람들을 돕는 일이 맞을 수도 있지만, 또 다른 누군가는 글을 통해 한 사람이라도 변화시킬 수 있다고 믿었다. 다른 사람들의 말이 때로는 나를 흔들기도 했지만, 결국 나는 내가 가야 할 길을 알게 됐다.

물론 이렇게 깨닫기까지 수많은 우여곡절이 있었다. 자주 자격지심에 사로잡혀 스스로를 평가 절하하곤 했다. 특히 글쓰기를 하면서 내가 원하는 만큼의 성과를 내지 못하거나, 인정받지 못하는 현실은 더 큰 좌절로 다가왔다. 책을 한 권 내는 것이 나의 오랜 꿈이었지만, 그 꿈이 점점 더 멀어져가는 듯한 느낌에 절망감이 몰려왔다. 그러다 보니 나의 자존감은 바닥을 쳤고, 자신의 가치에 대한 의문을 던지게 되었다. '내가 과연 이 길을 계속 걸어도 되는 걸까?'라는 생각이 머릿속을 가득 채웠다.

그러한 과정에서 온라인 줌을 통해 다양한 글쓰기 모임에 참여했다. 각기 다른 배경과 경험을 가진 사람들이 모여 함께 글에 관해 이야기하고, 때로는 각자의 삶을 나누는 시간은 큰 위로가 되었다. 글을 쓰는 것이 외로운 작업이라고 생각했는데, 나와 같은 고민을 하는 사람들이 있다는 사실을 알게 되면서 다시금 힘을 얻기도 했다. 미국, 프라하, 프랑스 등에 거주하는 그들은 타지에서 육아하며 글을 쓰는 나를 이해하고, 나의 이야기를 진지하게 들어주었고, 그들의 이야기를 통해 나는 또 다른 세계를 만나게 되었다. 우리는 서로의 글을 읽고 피드백을 주고받으면서 조금씩 성장해갔다.

그러던 어느 날, 우연히 참여하게 된 포포포매거진 에세이 공모전에서 당선되는 기쁨을 누렸다. 그 순간은 마치 오랜 기다림 끝에 찾아온 선물처럼 느껴졌다. 그 경험은 내가 걸어온 길이 헛되지 않았다는 확신을 심어주었고 글쓰기에 대한 자신감을 회복하는 계기가 되었다. 그 이후 나는 정기적으로 뉴스레터에 글을 기고하는 기회를 얻게 되었다. 그뿐만이 아니었다. 나의 글쓰기 여정에 또 다른 전환점이 찾아왔다. 평소 참여하고 싶었던 '글로다짓기' 평생 회원 프로그램이 있었지만, 경제적인 이유로 참여할 수 없는 상황이었다. 그러나 뜻밖의 기회가 찾아왔다. 남편 지인이 집에 방문했을 때, 글쓰기 프로그램에 대해 나눈 대화를 듣고는 흔쾌히 학습을 지원해주겠다고 제안한 것이다. 그 순간 이 일이 단순한 우연이 아니라는 느낌이 강하게 다가왔고, 그 순간부터 나는 더 이상 글쓰기를 포기할 수 없다고 다짐하게 되었다.

나는 스스로와의 약속을 지키기 위해, 그리고 내 안에 있는 이야기를 더 많은 사람에게 전하기 위해 글을 계속 써 내려갔다. 글을 쓰는 일은 단순한 작업 이상의 의미를 지녔다. 그것은 나의 삶을 다시 돌아보는 기회였고 나의 상처를 치유하는 과정이었다. 오늘도 나는 글을 쓴다. 내가 받은 부르심을 따라 내가 해야 할 일을 하기 위해. 글을 통해 나를 발견하고 나의 이야기가 누군가에게 작은 울림이 되기를 바라며 이 길을 계속 걷고 있다.

3 인생의 가장 좋은 길

김자영

"유방암 2기로 보이는데 암 성질이 나빠서 내일 당장 수술해야 합니다."

가슴에 강낭콩처럼 딱딱한 돌이 만져져서 병원에 갔더니 바로 큰 병원으로 가보라고 했다. 초음파 사진을 본 의사는 내일 수술해야 하니 당장 입원하라 했다. 내 나이 31살에 첫 유방암 수술을 했다. 일주일 뒤 남편은 일을 핑계 삼아 방글라데시로 가버렸다. 남편 없이 시부모님 밑에서 어린 딸을 데리고 항암과 방사선 치료를 하며 힘들고 외로운 시간을 보냈다. 내 소식을 듣고 친하게 지내던 언니에게 연락이 왔다. 새로 교회를 개척한 친구가 있는데 나를 부탁했으니 가보란다.

몸도 마음도 지쳐 있고 의지할 곳 없던 나에겐 누군가의 도움이 절대적으로 필요했다. 지푸라기라도 잡는 심정으로 교회를 찾아갔다. 독일에서 구경 삼아 한두 번 가 봤던 교회가 전부였던 나에게 한국 교회는 처음이었다. 목사님 부부는 반갑게 맞아주셨다. 그분들의 따스함이 고마워서였을까, 예배드리는 내내 울기만 했다. 풀어놓을 데가 없었던 나의 마음이 그렇게 드러났던 모양이다. 그날 이후 신앙은 힘든 내 상황을 이겨낼 수 있는 버팀목이 되었다. 항암과 방사선을 이겨내고, 아픈 나와 어린 딸을 버리고 갔다는 남편에 대한 원망도 점점 줄어들었다. 성경에 대해서도 전혀 몰랐던 나에게 어느 날 한 구절이 눈에 크게 들어왔다.

"여호와여 내가 알거니와 사람의 길이 자신에게 있지 아니하고 걸음을 지도함이 걷는 자에게 있지 아니하니이다." 예레미야 10장 23절 말씀이었는데 이걸 보는 순간, 사람의 길이 나에게 있는 게 아니라면 내 인생길은 누구에게 속한 걸까 하는 의문이 들었다. '어떻게 가야 할지 모르는 깜깜한 그 길을 잘 아는 누군가가 인도해준다면 나는 안전한 길로 갈 수 있지 않을까?' 하는 생각이 들었다.

나의 현실은 암울하고 깜깜했다. 유학에서 실패하고 돌아와 아무것도 할 수 없는 사람, 돈 한 푼 없이 작은 빌라에서 시부모님 집에 얹혀사는 신세, 게다가 유방암까지 걸려서 뭘 할 수도 없는 나약한 사람, 그게 나의 현실이었다. 남편은 말이 좋아 해외 직원이지 미수금 받으러 다니는 그런 직업, 언제 잘려도 이상한 것 없는 계약직 같은 자리였다. 미래에 대한 불안이 늘 나를 짓눌렀다. '생활비 100만 원만 매달 꼬박꼬박 들어왔으면 좋겠다'가 내 유일한 소원이었다. 남들처럼 평범하게 살고 싶었다. 그런 나의 마음에 '이 길은 내게 속한 길이 아니다'라는 메시지가 들어온 거다.

내 앞에 길은 몇 개나 될까? 얼마나 많은 길이 있는 걸까? 그 수

많은 길들 중에 난 왜 이 어둠의 길을 선택해서 걸어가고 있는 걸까? 생각이 꼬리에 꼬리를 물었다. 가장 좋은 길이 무엇인지 알고 내 손을 친절하게 잡고 내 발걸음을 인도해주는 이가 있다. 그걸 모르고 외면하던 나는 보기에 좋은 길로 그냥 달려가다가 '여기가 아닌가 봐, 그럼 어디로 가야 하는 거야?' 하면서 그냥 주저앉아 있었던 거였다.

이 사실을 깨닫고 나니 한결 마음이 가벼웠다. 내 걸음을 인도하는 하나님을 믿고 인정하면서 따라가봐야겠다는 생각이 들었다. 처음으로 마음이 평안해지는 기분을 경험했다. 남편에게 바로 말씀을 써서 보냈지만, 남편의 반응은 냉담했다.

남편은 어려서부터 자기 일을 잘 해내는 사람인지라 부모님의 기대를 한 몸에 받고 자랐다. 그랬던 그가 서른이 넘었는데도 번듯한 명함 없이 매일 밀린 돈을 수금하러 타국에 나가 사는 것이다. 그러니 그의 마음도 평안하진 않았으리라. 훗날 남편의 고백을 빌리자면 그때 그도 누군가의 도움이 간절히 필요했었단다. 앞이 보이지 않는 인생길에 가장 좋은 길로 인도해줄 누군가가 내 손을 잡아주기만 한다면 힘을 내서 갈 수 있을 것 같았단다.

방글라데시에서 1년쯤 되었을 때 남편은 한국에 와서 수술을 받았다. 임신한 여자보다 배가 더 부풀었는데 매일 마신 술이 원인이었다. 그로부터 1년 뒤 이번엔 소변에서 피가 섞여 나오고 통증이 심해서 한국으로 들어와 또 치료받았다. 수술할 때마다 목사님은 매번 찾아와서 기도해주었지만, 남편은 거부했다.

우여곡절 끝에 치료를 끝내고 다시 방글라데시로 간 남편에게 일주일 만에 연락이 왔다.

"내가 신기한 경험을 했는데 너도 믿지 못할 것 같아."

여느 때와 똑같이 차를 타고 가는데 그날따라 교회 종소리가 들렸다고 했다. 빛이 내리쬐는 것 같더니 눈이 부셔서 시야가 갑자기 보이질 않게 되었다고 했다. 눈을 비비고 다시 봐도 여전히 앞이 뿌옇게 보이지 않았단다. 자기도 모르게 운전 기사에게 종소리가 나는 교회로 가자고 했고, 기사의 부축을 받아 교회 안으로 들어갔단다. 예배당 안에 앉았는데 왜 우는지도 모르게 눈물이 펑펑 흘렀다고 했다. 머릿속으로 본인이 살아왔던 지난날의 기억들이 파노라마 영상 지나가듯 지나갔다고 했다. 한참을 울고 눈을 들어보니 시야가 깨끗해져 있었고 내가 너를 오랫동안 기다렸다는 음성이 들리는 것 같았단다. 주변을 둘러봐도 아무도 없는데 다시 그 음성은 들리지 않아서 환청이었나 싶어 넘기려는 찰나 따듯한 기운이 손에 느껴지는 느낌이었다고 했다. 느낌이려니 생각하고 밥을 먹으러 한국 식당에 들어갔는데 사장님이 성경책을 하나 꺼내 왔단다.

"아이고, 김 차장님 오랜만에 오셨네요. 이번 달에 나 한국 들어가는데 김 차장님이 자꾸 생각나더라고요. 이 성경책을 주고 싶다는 생각이 들었어요."

자기가 방금 교회에서 펑펑 울고 시야가 맑아지는 경험을 하고

왔는데 갑자기 성경책을 선물로 받다니 신기하다는 생각이 들었단다. 정말 하나님이 나의 길을 인도하시는 건가 하는 생각이 들어서 덥석 받아 들고 그 뒤로 성경책을 열심히 읽고 있다고 이야기하는 게 아닌가! 놀랍기도 하고 신기하기도 했다.

방글라데시에서 예수님을 만난 남편은 한국으로 귀국하게 되었고 날마다 새벽기도를 다니면서 하나님이 길을 여시고 인도하시기를 기도했다. 그렇게 좋아하던 술과 담배도 끊고 어색하게 대하던 아이에게도 잘하려고 노력했다. 딴사람이 된 듯한 그의 모습에 돈이 없어도 날마다 행복하다는 생각이 들었다. 마음이 편해지자 나 또한 건강하게 회복되었고 남편도 작은 무역회사를 차려 운영하게 되었다.

살면서 누군가의 도움이 간절한 때가 있고 흔들리고 불안할 때도 있다. 성경책의 한 구절은 우리 집 가훈이 되어서 나의 삶을 바꿔주었다. 요즘도 불안하고 흔들릴 때마다 조용히 그 한 구절을 읽어본다. 지금도 나는 인생의 가장 좋은 길로 걸어가고 있고 앞으로도 그렇게 될 거라고 믿으면서 말이다. 삶이 힘들어질 때마다 혹은 뭔가를 결정해야 할 때마다 붙잡을 수 있는 말이 있다는 건 인생의 든든한 지팡이를 소유한 느낌이다.

4 말의 힘, 부끄러움에서 벗어나다

김하연

모로코의 지상 열차 안에서 서럽게 울고 있는 한 아이를 보았다. 그 아이는 서너 살쯤 되어 보였고, 엄마는 "헤슈마"라고 하며 단호한 목소리로 꾸짖고 있었다. 그 한마디가 내 가슴을 찌르는 듯했다. 아이를 향한 말이었지만, 그 차가운 목소리에 내 마음이 무너졌다.

"남부끄러운 줄 알아."

그 말의 뜻을 알게 된 순간, 내 무의식 속에 감춰져 있던 '부끄러움'이라는 감정이 고개를 들었다. 모로코에 온 것은 나의 마지막 20대를 의미 있게 보내기 위해서였다. 익숙한 일상을 떠나 낯선 환경 속에서 나 자신을 새롭게 발견하고 싶었다. 하지만 이곳에서 마주한 것은 내 안에 깊이 자리한 부끄러움이었다.

나는 부모님의 자랑스러운 딸이 되고 싶었다. 부모님은 내가 만난 가장 좋은 어른들이며, 그들의 자녀로 태어난 것은 내 평생에 가장 큰 축복이다. 그러나 부모님의 기대에 부응하지 못할 때마다, 나는 '부끄러움'이라는 감정에 짓눌리곤 했다. 부모님의 인정이 내 삶의 목표가 되어버린 순간부터, 나는 부모님이 원하는 딸의 모습과 나 자신의 한계 사이에서 끊임없이 갈등했다. 내 안의 부끄러움을 마주하며, 부모님을 원망하고 있었다는 사실을 깨달았다. 늘 부모님을 존경해왔지만, 부모님의 바람에 미치지 못했다는 부끄러움이 어느새 부모님의 사랑을 오해하게 만들었다. '날 더 이상 사랑하지 않으실 거야.' 버거운 부담 속에 부모님에 대한 미움이 자라났다. 이 감정은 나도 모르는 사이 마음 깊숙이 나를 옭아매고 있었다.

이 부끄러움은 언제부터 시작된 걸까? 기억을 더듬어보니, 옷장 안에서 울고 있는 아홉 살의 내가 떠올랐다. 어린 시절, 슬플 때면 옷장 안에 들어가 한참을 홀로 있곤 했다. 아무도 없는 그곳에서 내 깊은 내면을 마주하고 스스로 평안을 되찾은 후에야 겨우 문을 열고 나왔었다. 풀지 못한 문제집으로 엄마를 실망시켰다는 생각에 주눅 들었던 아홉 살의 내 모습이 생생했다. 나를 힘들게 했던 내 안의 인정받고 싶은 마음과 부끄러움이 바로 그날부터 쌓여왔음을 깨닫곤 한없이 서러워졌다. 그때의 나로 돌아간 듯, 기억 속 서럽게 흐느끼는 아이가 가여워 한참을 끌어안고 울었다. 부모님에 대한 원망의 감정을 들추니 견딜 수 없이 괴로웠다. 심심치 않게 들리는 "헤슈마"라는 말은 계속해서 아홉 살의 상처로 나를 끌어내렸다. 이 감정을 풀어내고 앞으로 나아가기 위해 내가 선택할 수 있는 길은 '용서'뿐이었다. 부끄러움을 느낀 대상, 부모님을 용서하기로 마음을 다잡았다.

용기를 내어 엄마에게 전화를 걸고, 담아두었던 감정을 모두 쏟아냈다. 숨도 제대로 쉬지 못한 채, 눈물로 힘겹게 말을 이어갔다.

"엄마가 인정하든 안 하든, 나는 엄마를 용서해요. 아홉 살의 내가 엄마를 용서해요."

엄마는 당황한 듯 한동안 듣기만 하시더니, 차갑게 "하연아, 이제 끊을게"라고 말씀하셨다. 예상치 못한 반응에 나는 크게 놀랐다. 용서의 결과가 이렇게 돌아오리라곤 상상도 못 했다. 내게 결코 쉽지 않은 용서였기에, 엄마의 무심한 반응이 한편으로는 화가 났고, '괜히 이야기를 꺼내서 엄마에게 상처를 준 건 아닐까?' 하는 죄책감에 힘들었다. 차라리 모든 것을 묻어둔 채 지내는 게 나았을까 자책하기도 했다. 그러나 나는 다시 스스로를 다독였다. 이 용서는 내게 꼭 필요했음을. 그것은 상대방을 위한 것이기 이전에, 내 안의 부끄러움에서 나를 해방하기 위한 결단이었다. 나는 내가 해야 할 몫의 용서를 하며, 이후의 관계를 위해 지혜를 구했다.

이틀 후, 엄마에게 한 통의 문자가 도착했다. 엄마는 내게 진심으로 용서를 구하셨다. 어쩌면 엄마에게도 큰 아픔이 되었을 말들이었다. 언제 적 이야기냐며 웃어넘길 수도 있었고, 왜 엄마의 마음을 이해해주지 못하냐며 충분히 되물을 수도 있었던 다 큰 나의 어리광. 엄마는 이틀 동안, 내가 감당해온 기대와 부끄러움의 무게를 짊어지며 홀로 우셨다는 것을 알게 되었다. 그러고는 어떤 변명이나 설명이 아닌, 간절한 사과를 건네주셨다. 혹시 엄마의 대답이 딸에게 또 다른 상처가 되진 않을까 걱정하며, 매 문장 진심을 눌러 담으셨다. 엄마의 사과를 통해 나는 비로소 엄마의 사랑을 온전히 받아들일 수 있게 되었다. 부모님의 사랑이 완벽함에 대한 조건이 아닌, 나의 존재 자체를 아끼고 사랑하는 마음이었음을 머리가 아닌 마음으로 깨닫게 되었다. 부모님도 부모의 역할이 처음이기에 모든 것이 옳을 수 없음을 부모님의 나이가 되어가며 이해하게 되었다. 받은 사랑을 닮은 마음으로 비로소 부모님을 조건 없이 사랑하게 되었다.

엄마와 나는 그날의 대화를 통해 더 깊이 연결되었고, 나는 부모님의 인정을 구하는 삶에서 벗어나 독립된 어른으로 성장했다. 이제 모든 선택의 주체는 나 자신이며, 내가 결정한 일의 책임을 온전히 감당한다. 부모님과 의견이 다를 때, 이제는 부모님께서 내 의견을 온전히 존중해주시고, 나 역시 부모님의 조언을 깊이 새겨듣는다. 그날의 용서와 사과를 통해, 우리는 언제든 실수할 수 있음을 인정하고 서로를 용납하는 관계로 나아가게 되었다.

'헤슈마'라는 말이 내 마음속 깊은 방을 열고, 나를 용서의 여정으로 이끌어주었다. 사과하는 것이 지는 것처럼 비치는 분위기 속에 우린 용서를 잃어버린 사회를 살아가고 있다. 모두가 피해자 자리에 자신을 두다 보니, 어느새 나를 제외한 모든 이들이 가해자가 되어 있다. 누구도 사과하지 않고, 아무도 용서하지 않는다. 하지만 나는 용서를 구하는 어른을 통해 진심 어린 사과의 힘을 보았다. 마음이 담긴 사과는 관계를 회복시키고, 상처를 치유한다. 말과 행동을 돌이킴으로 전하는 사과와 용서는 관계의 소망이 된다. 이후 때로는 숨고 회피하고 싶은 순간에도, 엄마에게 배운 사과를 통해 나 또한 용서를 구하는 자리를 직면할 수 있었다. 사과하는 것이 부끄러운 것이 아니라, 사과하지 않는 것이 부끄러운 행동임을 깨닫게 되었다. 사과와 용서를 통해 서로를 품고, 날마다 성숙한 사랑으로 함께 나아가기를 소망한다.

말은 참으로 강력한 힘을 가지고 있다. 사람을 묶기도 하고, 풀어주기도 한다. 또한, 사람을 죽이기도 하고 살리기도 한다. 사과와 용서를 통해 우리의 말이 우리 자신과 타인을 자유롭게 하는 도구가 되기를 소망한다. 그렇게 서로를 살리는 오늘을 살아가고 싶다.

5 엉덩이 힘으로 한다

문혜진

“그림은 엉덩이로 그리는 거야.” 미대를 간다고 다니던 대학을 휴학하고 미술 학원에서 재수할 때 들었던 말이다. 한 가지 제대로 해내려면 긴 시간 반복하고 부단히 해낼 힘이 필요하다. 특히 입시 미술은 3~4시간의 시험시간 동안 온 힘을 쏟아 한 장의 그림을 완성해야 했다. 그 짧은 시간 안에 모든 실력을 쏟아붓는 일은 피나는 노력이었다. 어떤 기술보다도 버틸 힘이 필요했다.

나는 끈기 없고 부산스러운 아이였다. 시켜달라고 시작은 해도 지속하지 못했다. 배우기 위해 앉아 있기보다는 밖에서 뛰어노는 것을 좋아했다. 초등학교 때 성적표에 늘 적혀 있던 글이 있었다. ‘수업시간에 산만합니다.’ 처음엔 뜻을 잘 모르고 산처럼 크다는 걸로 생각했다. 나중에 알게 된 뜻은 ‘집중력 떨어지는 아이’였다.

여기저기 관심이 많아 두리번거리던 내게 ‘엉덩이 힘’을 길러준 것은 만화책이었다. 손바닥만 한 작은 만화책이었다. 일본 만화책이 해적판으로 인쇄되어서 시중에 퍼져 있었다. 작은 페이지 한가득 담긴 그림과 글씨를 읽으려면 상당한 집중력이 필요했다. 한자리에 앉아 있을 수밖에 없었다. 만화 영화는 정해진 시간에만 볼 수 있었지만, 만화책은 원할 때면 손에 들고 볼 수 있었다.

중학생이 되어서는 만화에 더 깊이 빠져들었다. 만화책 속 그림을 따라 그리고 싶었다. 학교가 끝나면 만화방에서 밤늦게까지 보다 들어가서 혼나기도 했다. 주눅 들어서 잠시 만화방을 덜 다니기도 했지만, 주말이나 시험이 끝난 날에는 어김없이 만화방에 갔다. 문 열 때 들어가서 돈이 떨어지고 어두워지면 나왔다. 허리가 뻐근할 정도로 한자리에 앉아 있었다.

그림을 그리기 시작했다. 빨리 완성하려는 손을 재빠르게 움직였다. 조급하게 그리니 그림은 쉽게 늘지는 않았다. 만화책에 나오는 반짝이는 눈을 따라 그리고 싶었다. 함께 그림을 그렸던 친구는 반짝이는 눈, 호리호리한 체형의 여자 주인공, 늠름한 말까지 척척 그려냈다. 나도 그렇게 그리고 싶었지만, 손이 마음처럼 움직이지 않았다. 내가 그릴 수 있는 스타일로 타협하기로 했다. 일단 눈을 그리고 얼굴형을 맞춰서 그렸다. 몸은 어려우니 얼굴을 위주로 그렸다. 내가 잘 그릴 수 있는 것만 그렸다. 나랑 비슷한 취미를 가진 친구들과 노트를 돌려가며 그릴 때도 있었다. 그림 연습장이면서 서로 실력을 뽐내는 노트였다. 나는 색연필로 그리면서 눈에 띄는 그림을 그리려고 했다. 눈이 광인처럼 빛나고 머리카락도 휘날렸다. 얼굴 외에는 잘 못 그렸지만 그래도 자기만족을 하며 계속 그렸다. 교과서와 시험지는 낙서로 가득했다.

한 달 동안 동네 미술 학원에 다니면서 연필과 수채화 사용 방법을 배웠다. 전문적으로 받아본 첫 수업이었다. 긴 시간 동안 그림만 그렸는데 지루하지 않았다. 연필로 선을 반복해서 긋고 큰 종이 채우기, 연필을 중첩해서 쌓으며 명암 띠 만들기, 수채화 물감으로 한 획씩 농도 조절하며 긋기 등을 했다. 선생님이 시범을 보여주면 나머지 시간은 온전히 혼자서 그림을 그리는 시간이었다. 생각보다 너무 재밌었다. 처음으로 진득하게 앉아서 그리는 경험을 했다. 이전보다 그림에 더 자신감이 붙었다. 그림의 표현법도 더 풍부해졌다. 내가 배운 기술로 좋아했던 일본 가수들의 모습을 8절지에 쓱쓱 그렸다. 이전에 그림들을 5분도 채 못 그렸었다면, 한 그림을 그리기 위해 30분 이상 매달리기도 했다. 연필로 면을 채우고 손으로 문질러 지우개로 지우며 형태를 찾고 있다 보면 얼굴이 벌게져 있었다. 내가 그림을 그리면서 몰입을 경험했던 시간이었다. 친구들이 그림을 보면 달라고 말하기 시작했다. 나는 더 신나서 그림을 그렸다. 고등학교 때에는 학교에 없는 만화 동아리를 만들어서 신문을 만들어 팔기도 했다. 축제 때는 일러스트를 그려서 걸었다.

그림에 푹 빠져서 살던 나는 만화가가 되고 싶었다. 펜 터치를 하고 싶어서 무작정 잉크와 펜을 잡았다. 만화가의 문하생이 되고 싶어 화실을 기웃거리기도 했다. 그림을 들고 갔다가 문 앞에서 들어가지 못하고 되돌아왔다. 대학 입시를 마치고 그림을 배우기로 마음먹었다. 만화를 그리려면 역사를 잘 알아야 이야기를 잘 만들 것 같아서 사학과에 진학했다. 그림을 시작하기 위해서 친구가 다니던 학원에 등록했다. 미대 입시를 준비하는 학생들이 다니는 곳이었다. 만화에 나오는 인물이 아니라 석고상을 그려야 했지만, 너무 재밌었다. 여름방학 때 학원에 가는 버스 안에서 불현듯 그림 전공을 해야겠다는 생각이 들었다. 그 길로 미대 입시를 시작했다. 미대 입시는 공부로 했던 입시와 비슷한 듯했지만, 결이 달랐다. 공부는 중간에 쉬는 시간이 있지만, 미대 입시는 한번 시작하면 어느 정도 완성할 때까지는 꿈적 않고 그려야 했다.

입시 미술은 정해진 시간 동안 같은 조건, 주어진 주제로 완성하는 시험을 본다. 그래서 학원에서는 그림의 기본기와, 그림을 완성할 수 있게 하는 반복 훈련을 한다. 입시가 다가와 특강할 때면 3, 4시간씩 시험을 연달아 보며 하루 12시간을 학원에서 그림을 그렸다. 앉아서 오랜 시간 버티고 그리다 보면 힘들기도 했지만 그림이 눈에 띄게 달라진다.

늘다가도 갑자기 슬럼프가 찾아왔다. 텅 빈 도화지를 보면 멍해지고 원래 하던 것도 잘되지 않았다. 강사 선생님은 그럴 때도 그냥 그려야 한다고 했다. 실력이 늘기 바로 직전이라며 고민하지 말고 평소처럼 이어가야 한다고 했다. 슬럼프를 지나면 점프하듯이 그림이 늘었다. 버티는 엉덩이 힘이 있다면 '뭘 배워도 잘할 수 있겠다'라는 생각이 들었다.

드디어 미대에 입학했다. 이제는 만화를 마음껏 그릴 수 있겠다고 생각했다. 하지만 학과에서 원하는 그림과 내 그림은 방향이 달랐다. 짧은 입시를 치르며 입학한 나와 동기들의 그림 실력이 차이 났다. 미대에 입학했다는 기쁨은 잠시 학교에 가는 게 뜸해졌다. 어렵게 들어간 학교에 적응하지 못하고 나는 다시 학원에 돌아가 한 번 더 입시를 치렀다. 실패는 했지만 일 년 동안 쌓은 시간 덕분인지 그림 그리기가 한결 수월했다. 미대를 졸업하고 학원에서 강사 일을 하다가 만화 관련 입시 학원에서 일할 기회가 생겼다. 만화가를 꿈꾸는 아이들 그리고 관련 학과에 다니는 강사 선생님들을 보면서 다시 만화가의 꿈이 불타올랐다.

학원 강사로 일하면서 다시 만화학과로 편입했다. 꿈꾸는 기분으로 1년을 다녔다. 등록금을 벌기 위해 아르바이트를 하면서 휴학을 했다. 학교생활을 못 했지만, 만화작가로 데뷔한 다른 학번 친구의 화실에 들어가서 문하생을 했다. 그림을 처음 배울 때 선 긋는 연습을 했다. 연필이 아닌 펜으로 잉크를 묻혀 자를 대고 한 줄 한 줄 촘촘히 그었다. 작가가 스케치해서 원고를 넘겨주면 원하는 배경이나 효과선 등을 그었다. 작업을 도와주는 동안 즐겁고 뿌듯했다. 아이러니하게 직접 작업 현장에 뛰어들어본 후 만화작가의 꿈은 접었다. 온전히 만화에만 몰두할 수 있는 사람만이 만화작가를 할 수 있겠다는 생각이 들었기 때문이다. 나에게 맞게 방향을 조금 틀기로 했다. 그때 눈에 들어온 게 그림책이었다. 이후 그림책 워크숍에도 참여하고 독립출판물도 만들면서, 평생

업으로 삼을 수 있는 일이라는 생각이 들었다.

지금 내 상황에 맞춰 내가 할 수 있는 선에서 다시 계획을 수정했다. 아이들 학업을 챙기고 생활을 유지할 수 있는 공부방을 하고 있다. 그림을 놓고 있진 않다. 크로키도 매일 하고, 홍보나 소식을 전할 때도 내 그림을 활용한다. 우회하고 있긴 하지만 내 꿈의 끈을 이어가기 위해 시간을 차곡차곡 쌓는 중이다.

바로 결실이 보이지 않아도 수많은 반복의 시간이 위대한 결과를 만들어낼 거라는 걸 안다. 조급해하거나 불안해하지 않으려고 한다. 그간 키워온 엉덩이 힘으로 내가 쌓아온 시간이 내가 꿈꾸는 일로 나를 이끌어줄 것이다.

6 새드 엔딩인 줄 알았지?

배유진

행복이 뭐 별건가? 누구에게나, 어느 집에나 다 있는 거 아냐? 나도 당연히 행복할 거라 생각했던 날이 떠오른다. 10년 전만 해도 우린 헤어질 결심을 했다. 이렇게 행복하게 잘 살 줄은 그 당시엔 몰랐다. 우리 부부는 지금 반전의 인생을 살고 있다.

가정마다 말 못 하는 힘들고 어려운 고비가 있다. 문제없는 가정, 완벽한 가정이 있을까. 지긋지긋했던 가난 속에 부자가 되고 싶은 소망도 없었다. 단지 행복한 가정이 내 꿈이었다. 과한 욕심일까. 행복하게 웃고 사는 사람들을 보면 부러웠다. 살다 보니 행복한 가정은 나 혼자 노력한다고 이루어지는 게 아니었다. 남편이 변하지 않아 지쳐갔다. 낮에 잠깐 새어 들어오는 햇빛을 커튼으로 차단했다. 집이 감옥 같아 탈출하고 싶어도 종일 안 나갔다. 집 안에선 따스함과 웃음이라곤 찾아볼 수 없는 냉기만 돌았다. 외롭다고 하면서 친구에게 연락 한 번 할 생각도 못 했다. 어린 딸이 동화책을 자기 키만큼 옆에 쌓아놓고 내 무릎에 앉았다. 한참 읽어주면 다 읽은 책을 방에 늘어뜨려 집을 만들고 그 안에 들어가서 소꿉놀이했다. 내가 눈물 흘리면 휴지를 뜯어다 작은 손으로 양볼을 닦아주었다. 속마음을 어린 아들딸에게 다 털어놓았다. 아이들이 내 친구였다. 눈물 밥도 먹어보고 한밤중에 무작정 나와 터벅터벅 걸어도 인생길은 앞이 보이지 않았다. 그렇게 여러 해가 흘렀다. 삶은 내가 손에 쥔 부스러기 희망까지 내려놓게 했고 내가 나를 해치는 위기까지 왔다. 이때까지 우울증인 줄도 몰랐다.

살고 싶었다. 중구에서 운영하는 무료 상담도 여러 차례 받았다. 상담사는 내 얘기를 들어주고 위로했다. 속은 시원해도 일상은 제자리였다. 우울증 약도 먹어봤지만 졸음만 왔다. 설거지하러 가야 하는데 어깨를 짓누르듯 몸이 무거워 못 일어났다. 처방받은 약도 소용없어 치웠다.

며칠 뒤 노크 소리가 들렸다.

"집사님 집에 계세요? 저 박 권사예요. 전 집사님도 함께 왔어요. 집사님."

신앙생활도 멈췄다. 빠지지 않고 다녔던 교회도 안 간 지 두 달이 넘어 구역장님이 걱정했는지 집으로 찾아왔다. 반가운 마음에 문 열고 싶어도 초라한 모습을 보이기 싫어 한참 울기만 했다.

며칠 후 오 목사님 안부 전화가 왔다. 두 시간이 훌쩍 넘도록 사정을 듣고 기도해주었다. 기도 중에 나를 우울증에서 단번에 건진 말이 있다.

"하나님께서 말씀하셨습니다. 빛이 있으라."

"목사님, 아무 변화가 없는데요?"

난 기도하면 변화가 바로 오는 줄로 단순하게 생각했다. 목사님은 똑같은 기도를 한 번 더 반복하고 전보다 담대하게 외쳤다.

"하나님께서 말씀하셨습니다! 빛이 있으라!"

그 말이 떨어지자마자 내 마음의 상태가 보였다. 온통 캄캄한데 중앙에 나타난 빛이 순식간에 퍼지면서 어둠이 사라졌다. 지금도 생생히 기억한다. 우울증은 어둠이었다. 그 후에 신기하게도 내가 나를 사랑하는 마음과 자존감이 자랐다. 성경도 다시 눈에 들어오면서 한 장 한 장 읽었다.

'내가 왜 죽어. 헤어지면 되지'라는 생각에 나를 괴롭히는 것도 멈췄다. 이 상황을 참다가 내가 위험에 처하겠구나 싶었다. 나 자신을 살려야 했고 지켜야 했다. 남편과 헤어지고 내가 자녀를 키우면 남편이 더 망가질 것 같아 아이들을 보내기로 했다. 마지막으로 내가 한 결심이 맞는지 확인해보고 싶었다. 내 사정을 아는 이모는, 다니는 교회 목사님에게 상담을 신청했다. 임 목사님은 얘기를 듣고 나에게 말했다.

"그런데 집사님에게도 잘못이 있어요. 남편을 죄짓도록 놔둔 건 집사님 잘못이에요. 집사님이 꾹 참은 게 남편의 죄를 더 키우게 된 거예요. 제가 수십 년간 얼마나 많은 사람을 봐왔겠어요. 집사님과 비슷한 가정을 잘 알죠. 안타까운 건 사람은 안 변하더라고요. 99%가 변하지 않았어요."

솔직하고 현실에 와닿는 말을 들었다. 내 잘못도 있구나 인정했다. 내가 억울하게 당해도 참는 게 옳은 줄 알았다. 그 일이 착한 행동이라 생각했고 참으면 남편이 곧 변하겠지 싶었는데 아니었다. 99%가 변하지 않는다니 희망이 없다는 말이었다. 말을 바꿔 생각해봤다. '그럼, 백 명 중 한 명은 변했다는 거잖아.' 이혼하더라도 남편이 언젠가는 변화될 거라 믿었다. 남편이 99%에 포함될 거라는 상상도 안 했다. 우리 남편은 1%의 사람이 되기를 간절히 원했다. 친정 근처 교회에서 예배도 빠짐없이 드렸다. 설교는 한 달 내내 나를 콕 집어 말하듯 새 출발을 강조했다. 들을 때마다 헤어지고 새롭게 출발하기로 다짐했다. 우리 가정은 슬프게 끝나는 줄 알았다. 그렇게 밤마다 몰래 울고 낮엔 아무 일 없는 듯 보냈다. 이혼 서류를 준비하면서 한 달이 채워졌다. 법원 절차로 남편과 연락을 주고받는 중이었다. 자녀들의 목소리가 듣고 싶어 전화했다. 그런데 기적이 일어났다.

"엄마, 아빠가 매일 무릎을 꿇고 기도해. 옛날에는 아빠가 배가 나와서 안 접혔잖아. 근데 지금은 배가 접힌다. 머리가 방바닥에 닿아. 그리고 손 모아서 매일 기도한다. 아빠 이젠 술도 안 먹어. 우리 매일 맛있는 거 많이 사줘. 또 새벽 기도도 안 빠지고 다녀."

남편이 변했다! 남편은 1%의 새사람이 되었다. 남편의 노력은 내 마음을 움직였다. 헤어질 결심을 단번에 녹여버리고 가정이 살아났다. 친척들은 어떻게 사람이 변했냐며 놀라워했다. 남편에겐 없던 개그는 하늘에서 뚝 떨어졌는지 매일 웃음 참느라 싸울 일도 별로 없다. 삶의 질도 변했다. 단칸방에서 벗어나 각각 아이들 방도 생겼고 경제적으로도 안정을 찾았다. 잃었던 몸과 마음의 건강도 치유되고 회복되었다. 자녀들도 부모의 사랑과 축복 속에 바르게 자란다. 나도 자존감이 높아졌고 낙관적이며 담대한 성격으로 바뀌었다. 이건 아니다 싶을 땐 해야 할 말도 잘한다. 부부가 동등한 관계에서 서로 존중하고 노력하니 그토록 바라던 행복을 얻었다.

어둠은 빛이 나타나는 순간 사라진다. 빛이 나를! 나는 남편을! 남편은 가정을 변화시켰다. 사랑으로 가정이 하나 되었고 환하게 밝아졌다. 빛 덕분에 씩씩하게 감사한 마음으로 살아간다.

7 뜻밖의 문자

원성욱

한 달 전쯤 통신사에서 약정에 대한 안내 문자가 왔다. 문자를 보고 핸드폰 약정에 대해 문의하려고 고객 센터에 전화를 걸어 상담사와 통화를 하고 끊었다. 그런데 잠시 뒤에 상담했던 상담원에게서 문자가 왔다. 문자의 내용은 다음과 같았다.

'고객님, 안녕하세요. 아까 통화 나눈 상담 매니저 ○○○입니다. 요청하신 업무는 정확하게 처리해드렸습니다. 짧은 통화지만 저보다 유독 친절하게 문의해주셨던 고객님께 제가 너무 감사한 마음에 한 번 더 문자로 인사드립니다. 늘 항상 따듯하고 행복한 일들만 가득하시길 진심으로 바라며, 건강 유의하시기를 바랍니다. 감사합니다. ○○○ 올림.'

문자를 몇 번이고 다시 읽으며 방금 전의 통화를 생각해보았다. '내가 고객 센터와 통화하면서 그렇게 친절하게 통화를 했었나?' 고객 센터에 전화하게 될 일이 생길 때 화를 내거나 무례하게 말하지 않으려고 늘 신경을 쓰는 편이지만 이런 문자를 받게 될 줄은 생각도 못 했다. 오히려 상담사가 보내준 문자로 인해 기분이 좋아 온종일 입가에 미소가 지어진다. 지금도 받은 문자를 지우지 않고 간직하고 있다. 비록 짧은 업무적인 통화였지만 그날의 통화는 서로에게 위로였고 마음에 따듯한 차 한잔과 같았다.

누구라도 갑질을 당하고 싶은 사람은 없다. 그런데도 우리는 식당에서 손님의 입장이 되면 식당에서 일하는 직원을 향해 '갑'의 행세를 하려 한다. 물건을 살 때 고객의 입장만 되어도 판매원에게 말이나 행동을 함부로 하는 경우가 많다. 자신이 그런 입장에서 그와 같은 말을 들으면 속이 뒤집힐 말을 마치 권리처럼 쉽게 말한다. 얼마나 상대적인 약자인 감정노동자인 사람들을 향한 폭언이나 갑질 행태가 많으면 '감정노동자 보호법'이라는 법도 생겼을까?

어떤 사람이 세상이 살맛 나게 하는 명품인 사람일까? 사람들에게 내가 가진 코트에 대해 자랑할 때가 있다.

"저 이 옷 명품이에요."

"그래요? 어디 옷인데요?"

그때 옷 안쪽을 살짝 보여준다. 거기에 한자로 '명품'이라고 쓰여 있다. 사실 누군가에게 얻은 옷인데 코트 안쪽을 보니 그렇게 쓰여 있다.

"이봐요. 명품이잖아요." 대부분은 어이가 없다는 듯 웃는다. 그러면 나는 한술 더 떠서 말한다.

"저는 명품 필요 없어요. 저 자체가 명품이거든요."

명품을 걸친 사람은 많지만, 중요한 것은 그 사람이 명품인가이다. 농담처럼 한 말이지만 명품을 걸친다고 해서 사람의 가치가 올라가는 것은 아니다. 차나 집도 마찬가지다. 좋은 차가, 집의 위치나 평수가 사람의 가치를 평가하는 척도는 아니다. 사람들은 끊임없이 더 가지게 유혹하며 비교를 부추기지만, 더 비싼 옷을 걸치고 더 많은 명품을 가진다고 가치 있는 인생이 되는 것이 아니다.

특출나 보이지 않아도, 말 한마디를 해도 사람들의 마음이 그 사람을 향해 고개를 숙이게 되는 사람이 있다. 말 한마디를 해도 사람 마음을 헤집어놓는 사람도 있다. 반대로 특별한 말을 하지 않아도 평범한 한마디에 위로가 되는 사람도 있다.

사람이 오래 기억되고 존경받을 만한 명품이 되는 것은 그 사람의 인성과 겸손함이다. 온통 명품으로 치장하고 와서 사람들을 무시하고 갑질하는 사람은 꼴불견이다. 세상에서 실력도 있고 가진 것이 많아도 교만하여 다른 사람 위에 군림하려고 하면 어느 순간 몰락하게 된다. 명품 옷을 과시하려는 것이 아니라, 품격에 걸맞게 입지만 옷보다 사람의 됨됨이가 더 빛나는 사람이 있다.

겸손한 인성을 가진 사람은 자신이 지금 갑의 처지든, 아니면 을의 상황에 있든지 말과 태도가 다르지 않다. 그러한 인성을 가진 사람은 상대에 대해 '내가 기분을 맞춰야 할 상대인가?' 혹은 '내 기분이나 감정을 가감 없이 표출할 대상인가?'를 구분하여 사람을 대하지 않는다. 자기도 모르게 이런 구분을 하고 사람을 대한다는 것은 결국 그 안의 열등감을 만만한 사람에게 쏟아붓는 것이다. 반대로 성숙한 인성을 가진 사람은 다른 사람의 평가에 연연하지 않고 자신의 가치에 대한 확신이 있는 사람이다. 그런 사람은 어떤 상황에서도 상대를 배려하며 존중하는 태도를 보인다.

무엇이든 보이는 것으로 나를 포장하고 과시하려는 것은 결국 허상이고 오히려 추하기까지 하다. 세상은 명품으로 우리를 포장하고 그것을 과시하라고 속이지만, 진짜 명품인 사람은 그런 것에 마음을 빼앗기지 않는다. 명품인 사람은 자기만 돋보이려 하기보다 만나고 상대하는 사람을 빛나게 해주고, 사람을 세워줄 수 있는 성숙함을 가진 사람이다.

그날 통화했던 상담원은 세상에서 사람들에게 인정받고 부러워하는 역할이 아니더라도, 지금도 내 마음에 누구보다 명품인 사람으로 기억된다. 쉽게 화를 내거나 불평불만을 하는 사람은 많아도 작은 것에도 감사를 잘 표현하는 사람은 그리 많지 않다. 작은 것에도 서로에게 감사를 표현하고, 고마운 마음을 전달할 수 있는 사람이 명품인 사람이 아니겠는가?

상담원의 문자로 인해 나는 앞으로 그런 이들과 통화를 할 때 더 친절하게 통화하려고 노력할 것이다. 나도 고마운 마음을 가지게 될 때 이렇게 진심으로 상대방에게 감동이 되도록 감사를 전달하리라는 다짐을 하게 된다.

아무리 돈이 많고 가진 것이 많아도 서로 마음을 나눌 사람이 없는 사람이 명품 인생이 될 수는 없다. 누구라도 다가가고 싶고 사귀고 싶도록 말하는 성품을 가진 사람은 명품을 걸치지 않아도 그 자체가 빛나는 명품이다. 사람들은 더 명품 가지기를 원하고, 그것으로 자신을 포장하며 과시하려 하지만 귀하게 여김을 받는 명품과 같은 사람은 어느 날 성형을 하고 명품을 걸친다고 되는 것이 아니다. 뜻밖에 받은 문자 한 통을 통해 어떤 사람이 명품인 사람인지 돌아보게 된다. 문자를 통해 마음이 따듯해졌었다. 나도 지치고 힘겨운 사람들의 마음을 위로하고, 서로 세워가는 명품을 걸친 사람이 아니고 명품인 사람이 되고자 한다.

8 평범한 말의 무게

윤미선

공저 주제 중 하나인 '내게 울림을 주는 말'이 무엇이었는지 떠올렸다. 사람들에게 칭찬도 많이 받았고 감동도 받았다. 기억에 스치는 말은 있었지만 울림을 주는 한 문장으로 뽑기에는 뭔가 부족했다. 책에도 좋은 말이 많다. 가슴에 새기고 싶어 필사했고, 문장이나 단어 하나에 사로잡혀 페이지를 못 넘기거나 훌쩍거리기도 했다. 그동안 읽었던 책 몇 권을 뒤적거렸다. 마음을 울린 좋은 문장이 많았지만, 딱히 글 주제로 선택하고 싶은 문장은 없었다. 며칠을 고민했다.

'울림을 주는 말이 꼭 멋진 문장에만 있는 건 아니잖아?'

언제 떠올려도 기억나는 평범한 말이 가장 울림을 주는 말이라고 생각했다.

퇴근하고 집에 오면 저녁 6시가 넘는다. 오자마자 옷 갈아입고 주방으로 직행한다. 어떤 메뉴를 만들지 정하기도 전에 냉장고에서 눈에 띄는 재료부터 꺼낸다. 행동이 먼저인지 생각이 먼저인지 초고속으로 나 혼자만의 반찬 만들기 경주를 한다. 가스레인지 앞에서 열심히 팔을 휘젓는 내 뒷모습을 보며 윤이가 말했다.

"엄마, 내가 어른 되면 엄마한테 요리해줄게."

윤이의 한마디에 입꼬리가 올라갔다. 윤이가 어른이 되면 어떤 모습일지 상상했다. 딸이 커서 내게 음식을 만들어준다면 얼마나 기쁠까 생각하니 더 맛있게 저녁을 차려주고 싶은 마음이 들었다. 목적지를 향해 전속력으로 질주하듯 전투태세였던 마음이 한결 편안해졌다. 윤이의 말 한마디가 저녁을 준비하는 시간을 즐겁게 만들었다.

자기 전, 매일 윤이를 씻겨준다. 비누칠해서 온몸 구석구석 닦아주는데 윤이가 말했다.

"엄마, 내가 어른 되면 엄마 씻겨줄게."

"엄마를 씻겨준다고? 엄마 혼자 씻을 수 있는데?"

엄마는 어른이라 괜찮다고 말했지만 윤이는 그래도 자기가 씻겨줄 거라고 했다. 엄마에게 뭔가를 받으면 자기도 엄마에게 해주길 원하는 딸의 마음이 보였다. 딸의 예쁜 말을 들을 때면 내 어린 시절이 떠올랐다. 엄마가 음식을 만들어주고 씻겨주고 돌봐주는 걸 당연하게만 생각했었다. 내게 엄마란 존재는 당연히 해주는 사람이었다. 사소한 일에서 고마움을 표현한 적이 별로 없었다. 나보다 훨씬 나은 딸이다. 윤이는 언어가 특출나게 발달해서 말을 잘하는 건 아니다. 다른 집 아이들은 유치원에서 있었던 일을 재잘재잘 다 말한다던데, 윤이는 무슨 일 있었냐고 물어봐도 늘 대답이 한결같다. 친구랑 놀았다거나 재미있었다는 말 외에는 기억이 안 난다고 말한다. 하지만 집에서는 내 말과 행동을 유심히 듣고 보며, 자기의 마음을 한껏 표현해준다.

아침에 책상 앞에 앉아 일하다가 배가 고파서 주방으로 갔다. 요거트를 그릇에 담고 블루베리와 견과류를 얹었다. 일하면서 먹으려고 내 방으로 들고 가다가, 손에서 놓쳤다. 바닥에 '쿵' 소리와 함께 요거트가 거실 복도에서부터 방 안까지 사방팔방 튀었다. 다행히 그릇은 깨지지 않았다. 그릇 떨어지는 소리와 나의 외마디 기합 소리를 듣고 찬이와 윤이가 달려와 괜찮냐고 물었다. 내 실수를 아이들에게 보여주기가 민망해서 얼른 바닥과 벽을 닦았다. 나를 지켜보다가 윤이가 말했다.

"엄마가 다친 줄 알고 깜짝 놀랐잖아!"

일곱 살짜리 딸 입에서 나온 소리를 듣고 민망하고 짜증 났던 마음이 이내 감동으로 바뀌었다. 잠시 후 윤이가 다시 다가와 내 등을 토닥여주며 괜찮냐고 물었다. 순간 아이에게 내가 보살핌을 받고 있다는 느낌이 들었다. 나는 어릴 때는 물론, 성인이 되어서도 엄마에게 많이 의지했다. 엄마라는 존재는 모든 것을 다 해낼 수 있는 완벽한 큰 산이었다. 그래서 엄마는 칭찬이나 보살핌이 필요할 거라는 생각은 많이 하지 못했다. 이런 내 배 속에서 태어난, 고작 생일 다섯 번밖에 보내지 않은 윤이는 엄마를 걱정하고 감사도 표현한다. 아이의 말 한마디가 주는 힘은 크다. 윤이는 엄마인 나를 어루만져주었고 감동도 주었다. 미사여구 가득 들어찬 칭찬이나 주옥같은 문장이 아닌, 순수한 마음에서 나온 한마디가 내 마음을 울렸다.

언어는 사람의 마음을 살릴 수도, 혹은 죽일 수도 있다. 주변에는 내게 응원과 격려, 칭찬을 해주는 사람이 많다. 속 시끄럽고 자존감이 밑바닥으로 내려갈 때 좋은 말은 나를 다시 위로 올려준다. 하지만 꾸준히 듣지 않으면 약발이 떨어지는 하루 치 비타민 같기도 하다. 윤이의 한마디는 평생 비타민이다. 바쁜 일상에서 윤이가 했던 말이 종종 떠오른다. 나를 응원해주고 생각해주는 순수한 말은 내가 열심히 살아나가도록 힘을 준다. 평범하고 순수한 말 한마디가 주는 위력은 엄청나다. 내게 울림을 주는 말은 매일 듣는 평범한 말 속에 있었다.

윤이의 말이 내게 울림을 줄 때마다 내가 어렸을 때의 모습이 떠올랐다. 매일 먹는 저녁, 가끔 엄마는 오늘 음식 맛이 어떠냐고 물어보곤 했다.

"음. 깊은 맛은 없는데."

내 단골 대답이었다. 맛있다고 한마디 하면 될 것을, 엄마를 칭찬해주는 게 어색했다. 나는 엄마에게 '최고다, 멋지다'라는 말을 해보지 못했다. 내게 엄마는 그냥 엄마일 뿐이었다. 엄마도 칭찬이나 힘을 주는 말이 필요한 사람이라는 생각을 못 했다. 내게 해주는 모든 것을 당연히 생각해서 고맙다는 말도 많이 못 했다. 윤이의 한마디에 힘도 얻고 즐거울 때마다 엄마가 생각났고 미안했다. 평범한 말 한마디가 중요하다는 걸 내 딸이 알려줬다. 마흔 넘어 딸에게서 배운 것을 이제야 엄마에게 표현해본다.

"내 엄마여서 고맙습니다."

9 최고가 되어 떠나라

이유경

포기의 유혹은 참 강했다. 반복되는 고난과 실패 속에서 지쳐갈 때마다 그만두고 싶다는 생각이 머릿속을 스쳤다. 아무리 노력해도 결과가 보이지 않는 순간들이 쌓이면서 '포기'라는 단어가 나를 유혹했다. 포기는 단순히 힘들어서 도망치는 것일까? 아니면 더 나은 길을 찾기 위한 선택일까? 나 자신을 위로하기 위해 여러 가지 이유를 찾기 시작했다. "이건 나를 위한 결정이야. 더 좋은 기회를 찾을 수 있을 거야"라고 스스로 말하며 포기를 정당화하려 했다. 하지만 마음 깊은 곳에서는 그것이 단지 도망치고 싶은 마음일 뿐이라는 걸 알고 있었다.

결국, 나는 포기 대신 끈기를 선택했다. '끝까지 해보자'라고 결심했을 때, 오히려 마음이 편안해졌다. 그제야 끈기와 꾸준함이야말로 성공의 비결이라는 것을 깨달았고, 다시 일에 전념할 수 있었다.

학부 졸업 후, 암 연구에 대한 열망을 가득 안고 대학원에 지원했던 그때의 열정이 다시 떠올랐다. 처음 실험실 문을 열고 들어

섰을 때, 하얀 가운을 입고 분주하게 움직이는 연구원들이 눈에 들어왔다. 그들의 집중된 표정과 손놀림에 빠져들던 그 순간, 문득 그 모습이 곧 미래의 나와 겹쳤다. 나는 어느새 그들처럼 하얀 가운을 입고 실험대를 지키며 새로운 발견을 끌어낼 나 자신을 상상하고 있었다. 배움과 열정에 심장이 두근거리며 내 안의 꿈을 더욱 부풀렸다. 내 앞에 놓인 실험 장비들은 낯설고도 매혹적이었다. 어떻게 다루어야 할지 알지 못했지만, 손끝에 느껴지는 차가운 금속의 감촉은 마치 예측할 수 없는 고난을 암시하는 듯했다.

석사 과정 동안 실험실 생활은 지도 교수님의 예민한 성격과 엄격한 연구 지도로 늘 긴장감이 가득했다. 실험이라는 것은 시간이 오래 걸리고, 한 번의 실수도 허락되지 않는 섬세한 작업이었다. 그 속에서 나는 매일 새로운 것을 배우며 실험 기술을 내 것으로 만들어갔다. 하지만 그 과정은 결코 쉬운 일이 아니었다. 매일 반복되는 실험과 실패와 끝이 보이지 않는 연구 과정에서 점점 지쳐갔다. 결과가 나오지 않을 때마다 마치 깊은 바다에 혼자 떠 있는 것처럼, 매 순간이 버거웠다. 그러던 어느 날, 나는 사수에게 힘겹게 말했다.

"저 그만두고 싶어요."

"지금 그만두면 남는 게 없어. 졸업장을 받고 결과를 내고 나가. 그게 진짜 의미 있는 거야."

순간의 편안함을 위해 지금까지 쌓아온 모든 것을 포기한다면,

결국 내게 남는 건 아무것도 없다는 것을 깨달았다. 그 한마디가 내 마음 깊은 곳에 박혀, 나를 다시 일으켜 세웠다. 그때 나는 비록 힘들고 지쳐도 끝까지 가기로 했다. 한번 끝을 보자는 마음을 먹고 나니 실험에 더 전념하고 결과 내는 것에 집중하였다. 그리고 마침내, 졸업논문과 졸업장을 손에 쥐었을 때, 그 순간이 얼마나 소중한지 실감할 수 있었다. 긴 여정의 끝에서 느껴지는 성취감은 말로 표현할 수 없을 만큼 컸다. 논문을 통해 내 이름이 학문적 기여로 남겨진다는 사실이 나를 자랑스럽게 만들었고, 그동안의 모든 노력이 보람으로 다가왔다. 연구실에서의 긴 시간, 무수한 실패와 도전 속에서 나를 괴롭혔던 불안과 두려움이 모두 씻겨 내려갔다. 그 순간, 나는 깨달았다. 포기하지 않고 끝까지 해내는 것이야말로 진정한 결과라는 것을. 순간의 편안함을 위해 포기했다면 이런 기쁨과 성취감을 절대 느낄 수 없었을 것이다.

그때 포기하지 않은 과거의 나에게 감사하다. 석사를 마치지 못했다면, 육아로 인해 경력이 단절됐을 때 다시 일할 기회를 잡기조차 어려웠을 것이다. 나는 끝까지 해냈고, 그 덕분에 연구원 경력을 살릴 수 있었다. 끝까지 해낸다는 것이 무엇보다 중요한 이유는 그것이 단순한 학위나 결과 이상의 의미를 지닌다는 것이다. 그것은 나 자신에게 '나는 해낼 수 있다'라는 믿음을 주었고, 앞으로 어떤 도전이 오더라도 나는 극복할 수 있다는 자신감을 심어주었다.

현재는 전공과는 무관하게 한국인 특화 소리 학습법과 밀착 코칭으로 영어 자신감을 키워주는 온라인 영어교육 플랫폼 회사에서 영어 소리 코치로 시작해 다양한 업무를 수행하고 있다. 새로운 길에 들어선다는 것은 설렘과 두려움이 공존하는 쉽지 않은 결정이었다. 그러나 한 번쯤 새로운 도전을 해보고 싶다는 갈망이 있었다. 특히 영어 소리 코치로서의 초기 적응 과정은 도전의 연속이었다. 영어 소리를 가르치는 것을 넘어 회원의 성장과 변화를 경험시켜주는 일의 가치를 깨닫게 되었다. 상대방에게 도움을 주는 희열과 자부심 덕분에 이 직업의 보람이 느껴졌다.

회사가 성장하면서 자연스럽게 인재 관리와 조직 운영의 필요성이 커졌고, 인사담당자로서 새로운 업무를 맡게 되었다. 소리튜만의 성장, 배움, 나눔의 가치관을 알리고 조직문화로 확산시켜 일하고 싶은 곳을 만드는 게 목표였고, 구성원의 성장을 돕는 보람을 느꼈다. 얼마 지나지 않아 또 다른 변화가 찾아왔다. 상품 기획의 필요성이 대두되었고, 그 과정에서 프로덕트 매니저로 상품 기획 업무를 맡게 되었다. 영어 소리 코치에서 시작해 이제는 회사의 상품과 서비스 방향을 구상하는 일까지 맡게 됐다니, 스스로도 도전의 시간이었다. 상품의 본질을 파악하고 회원의 목소리에 귀 기울이며 무엇이 진정 가치 있는 서비스인지 고민하는 법을 배우고 있다. 아직 PM으로서 결과를 내진 못했지만, 나의 역량을 확장하도록 노력하고 있다.

새로운 길에서, "최고가 되어 떠나라"라는 대표님의 말은 늘 마음에 새기고 있다. 직무는 바뀌었지만, 이 말은 삶의 기준이 되어 내 역할에서 최고가 되기 위한 원동력이 되었다. 때로는 포기하고 싶은 순간이 찾아오지만, 그럴 때마다 '떠날 이유'가 아닌 '최고가 될 방법'을 찾고 나아가고 있다. 무에서 유를 창조해내는 과정에서 마주한 어려움은 늘 있었지만, 그 속에서 조금씩 더 나은 나를 발견하는 것이야말로 이 길을 걸어가게 하는 힘이다.

이제 나는 최고가 되는 모습을 꿈꾸며, 또다시 끝까지 해낼 수 있다는 자신감을 가지고 나아가고 있다. 단순히 열심히 일하는 것에 그치지 않고, 나 자신을 성장시키기 위해 업무를 활용하고 있다. 내가 하는 일은 나 자신을 위한 것이어야 한다는 것. 스스로 최고가 되는 것, 그것이 진정한 성공임을 느꼈다.

오늘도 자신에게 묻는다.

"나는 지금, 나 자신을 최고로 만들고 있는가?"

이 질문에 대한 답을 찾아가는 여정의 끈기로 나를 진정한 성공으로 이끌어줄 것을 믿는다.

10 아픔을 나누고 회복을 이끄는 의미 있는 일

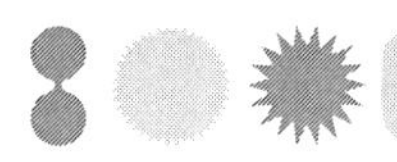

장소정

사람들은 대화를 통해 서로의 마음을 나눈다. 때로는 한마디의 말이 울림을 남기기도 한다. 말에는 놀라운 힘이 있어, 우리의 생각과 행동, 삶의 방향까지 바꿀 수 있다.

몇 달 전, 운동 과학자 홍정기 교수님의 세미나에 참석했을 때였다. 교수님 말씀 중 하나가 내 마음에 새겨졌다.

"우리는 삶의 에너지가 없는 사람들에게 운동으로 새로운 삶의 의미를 전달하는 전달자입니다. SNPE 운동을 통해, 사람들에게 희망을 심어주고, 그들이 자신의 삶에서 의미를 발견할 수 있도록 돕는 것이 우리의 사명입니다."

나는 SNPE(Self Natural Posture Exercise) 바른자세 척추운동 강사이다. 처음 운동 강사가 되었을 때, 그저 운동만 잘 가르치면 된다고 생각했다. 하지만 회원들과 직접 마주하고 이야기를 해보니, 그들의 건강 문제는 생각보다 다양하고 복잡했다. "선생님, 허리가 아파요." "목이 너무 뻐근해요. 직장에서 컴퓨터만 보느라 그런 것 같아요." "어깨가 아파서 잠을 못 자겠어요." 이런 얘기를 들으면 그 아픔이 내게도 전해지는 것 같았다. 그리고 이 말에 담긴 일상의 스트레스와 걱정들을 염두에 둔다. "요즘 회사 일이 힘드신가요?" 또는 "혹시 언제부터 아프셨는지 기억나세요?" 같은 질문을 통해 통증의 원인을 함께 찾아보려 한다. 이를 통해 통증의 시작점과 그동안의 상황을 이해하고, 회원이 느꼈을 좌절감이나 불편함에도 공감하려고 한다.

사람들과 상담하다 보니 저마다 운동하러 오는 이유가 다양했다. 한 회원은 긴 하루의 스트레스를 풀고 싶어 하고, 또 다른 회원은 오랫동안 겪어온 허리 통증 때문에 일상이 힘들다고 말했다. 그러나 사람들의 통증은 신체적인 문제에 그치지 않았다. 상담을 해보면 그들의 몸은 삶에서 느끼는 부담과 감정적인 짐을 담고 있었다. 내가 해야 할 일은 회원들의 이야기를 들어주면서 그들이 겪고 있는 신체적 불편함뿐 아니라 마음의 상태도 함께 이해해야 했다. 운동은 그 시작일 뿐이었다.

얼굴에 우울함이 보이는 회원 J가 있었다. 수족냉증, 하지정맥류, 탈모가 고민이라고 했다. 운동하고 싶지만, 탈모 때문에 남들의 시선이 너무 부담스럽다고 했다.

"선생님, 사람들이 저를 어떻게 생각할지 걱정돼요. 탈모 때문에 다른 사람들과 함께 운동하는 게 두려워요."

이 말속에는 건강의 문제를 넘어선 지 오래된 불안과 고독이 담겨 있었다. 그 순간, J가 겪고 있는 외로움과 자신감 부족을 느낄 수 있었다. 탈모와 통증이 J의 신체만이 아닌 마음에도 흔적을 남긴 듯했다. 운동을 가르치는 것만이 내 일이 아니라, J가 자신을 어떻게 느끼는지 이해하는 것이 먼저라는 생각이 들었다. 우선, 외적인 모습에 대한 타인의 시선을 의식해 그룹 운동을 꺼리는 J의 마음을 헤아리며, 개인 운동을 제안했다. 개인 운동은 자신만의 속도와 방식으로 진행할 수 있어, 다른 사람의 눈치를 보지 않고 본인의 건강을 챙길 수 있는 좋은 방법이라는 점을 설명했다. 처음에는 운동하기가 어려울 수 있지만, 점차 J가 원하는 방식으로 운동을 즐길 수 있도록 도와주겠다고 약속했다. 나도 모르게 J의 두려움을 덜어주고 싶은 마음이 커졌다.

"운동은 나 자신을 위한 시간입니다. 몸이 아프고 외로울 때일수록 자신에게 집중하는 것이 중요해요."

내 말을 듣고 J는 입가에 옅은 미소를 지었다. 그 미소가 회복의 시작이길. 나는 J가 앞으로 운동을 통해 몸과 마음이 회복되고, 점차 자신감도 되찾기를 진심으로 응원했다. 그날 우리의 대화는 마음을 나누고 아픔을 이해하는 과정이 되었다. 때로는 운동 상담이 상대의 내면을 들여다보고 공감하는 시간임을 깨달았다.

각자가 품고 있는 아픔은 단순하지 않다. 어떤 이는 오래된 부상 때문에, 또 다른 이는 수술 후 회복 중이라서, 혹은 이유를 알 수 없는 통증으로 인해 힘들어하고 있었다. 심지어 심리적인 이유로 몸에 통증이 나타나고 그것이 오랫동안 지속된다는 이야기도 들었다. 그래서 나는 대화를 통해 그들의 경험을 존중하려 했다.

"예전에 받으신 치료는 어땠나요? 운동을 해보셨을 때 어떤 부분에서 불편함을 느끼셨나요?"

나의 질문은 그들의 몸 상태를 이해하기 위한 것이지만, 그들이 느낀 좌절감과 고통을 함께 나누고 싶은 마음도 있다. 운동 강사로서 내 역할은 사람들에게 몸을 움직이는 방법을 가르치는 데 그치지 않는다. 나는 회원들의 아픔을 이해하며, 그들과 함께 회복의 길을 걷는 동반자다. 회원들이 자기 몸과 마음 상태를 스스로 이해하고 관리할 수 있도록 도와주는 과정, 그것이 내가 하는 일의 진정한 의미라는 생각이 들었다. 회원들이 내게 털어놓는 고민은 그들의 삶이 묻어나는 이야기였다. 누군가는 장시간 앉아서 일하는 습관 때문에, 또 누군가는 수년간 쌓인 스트레스로, 혹은 갑작스러운 몸의 약화로 불편함을 겪고 있었다.

이면에는 불안, 우울, 외로움이 섞여 있기도 했다. 나는 그들이 느끼는 마음의 무게에도 귀 기울이기로 했다. 그 과정에서 회원들은 자기 몸과 마음 상태를 알아차리기 시작했고, 움직임도 점점 자유로워졌다. 그때마다 내 일에 대한 보람을 느낀다. 회원들과 함께 회복의 길을 걷는 것은 운동 지도 이상의 깊은 의미를 담고 있다. 내가 회원들에게 준 조언이나 격려 한마디가 그들의 삶을 바꿀 수도 있다는 생각에, 더욱 신중하고 진심을 담아 그들과 마주했다. 그 속에서 나 자신도 성장하고 있음을 느꼈다. 내가 만났던,

지금 만나는, 앞으로 만날 모든 회원이 SNPE 바른자세 척추운동을 통해 더 행복한 삶을 살길 바란다.

제4장

인생의 맛을 음미하다

1 세상을 다 가진 듯한 행복한 맛

김미주

화려한 삶을 꿈꾸는 사람이 있다. 무대 위에서 빛나는 주인공처럼 주목받고, 풍족한 물질과 자유로운 시간 속에서 세상을 여행하며, 원하는 모든 것을 이룰 수 있는 그런 삶. 하지만 화려한 삶이란 반드시 남들이 정해둔 기준을 따라가는 것이 아니다.

나는 내 방식대로, 나만의 색깔을 더해 그 삶을 만들어나가는 것이 진정한 화려함이라고 생각한다. 내가 생각하는 화려한 삶이란, 내가 원하는 장소에서, 좋아하는 음식을 좋아하는 사람들과 함께 즐길 수 있다면 충분하다. 장소라면 주저 없이 바다가 보이는 곳을 택할 것이다. 바다가 보이는 곳이라면 컵라면도 일품이 되고, 좋아하는 사람들과 함께라면 세상을 다 가진 듯한 행복을 느낄 것 같다.

그렇게 나를 행복하게 만드는 한 가지는 브런치다. '브런치'라는 단어만으로도 가슴이 설렌다. 집에서 먹는 아침은 평범한 밥상이지만, 브런치는 왠지 집을 떠나 신선한 바람을 맞으며 평소에 잘 먹지 않는 색다른 음식을 기대하게 한다. 특히 나는 여행지에서의 브런치를 너무도 사랑한다.

행복했던 나의 첫 브런치는 15년 전 미국 여행 중이었다. 미국은 장거리 여행이 많아 고속도로에 숙박시설이 잘 갖추어져 있는데, 대부분 저렴한 가격에 간단한 아침 식사를 제공한다. 당시 나에게 아침 식사는 '밥'이었기에 큰 기대 없이 식당을 찾았고, 빵이 나오겠거니 하는 마음에 별 기대가 없었다. 미국 빵은 한국 빵과 달라, 한두 입 먹으면 부담스러울 정도로 달았고 입에 맞지 않았다. 어린아이들을 챙기느라 지쳐 있던 상황이라 입맛도 없었다.

그러던 어느 날, 새벽에 우연히 일어나 프런트로 나갔다가 간단한 아침 식사가 준비된 것을 봤다. 식빵과 커피가 전부였지만, 그 자리에서 식빵을 구워 따뜻하게 만들고 커피를 한 잔 따르는 백인 아저씨들 틈에서 익숙한 척, 양손에 하나씩 들고 밖으로 나섰다. 새벽 공기가 너무도 상쾌했다. 피곤하고 힘들지만, 여행은 역시나 새롭다고 생각했다. 따뜻한 빵 한입 베어 물고 커피를 마시는데, 매일 보던 빵과 커피가 이리도 특별했었나 싶어 눈이 휘둥그레졌다. 빵의 바삭함에 딸기잼의 달콤함과 버터의 고소함이 한데 어우러져서 입안 가득 행복감이 채워졌고, 커피는 나의 피로를 말끔히 씻겨주듯 오늘도 아이들과 여행을 잘하라고 격려해주는 듯했다.

그 경험 이후로 나는 집을 떠나 여행하게 되면 커피와 빵을 먹는다. 평소에는 잘 사 먹지도 않는 식빵이고, 커피도 카페인이 몸에 맞지 않아 불면증이 겁나서 디카페인 아니면 입에도 거의 안 대고 사는데, 여행만 하면 나는 꼭 토스트와 커피를 찾는다. 묵혀 있던 마음의 답답함도, 머릿속의 복잡함도 그 음식이면 깡그리 씻겨주는 것 같았다. 무엇보다 낯설지만 새로운 여행지에서의 아침 공기가 같이 곁들여진다면 세상에서 최고로 행복한 사람이 되는 기분이다.

지금도 가끔 기분이 우울할 때 여행 간 기분을 느끼고 싶을 때면, 브런치 카페를 알아본다. 집 근처라도 가보고 싶지만, 보통은 내가 원하는 분위기가 아니라서 다시 마음을 접고 밥솥 뚜껑을 돌린다.

이렇게 나만의 작은 행복마저 없다면 내 삶은 단조로움 그 자체일 것이다. 자주 여행 다니면 좋겠지만 아이는 학교에 가야 하고, 나도 일을 하니 주말을 노려본다. 그마저도 그저 자고 싶고, 아무것도 안 하고 침대에 누워 있고 싶은 날이 많다. 그런 날에는 일부러 이런 작은 설렘을 느끼고 싶어 몸을 일으킨다. 이런 소소함이 내 삶에 활력을 준다.

내가 사는 곳은 20분만 달리면 바다가 보이는 맥도날드에서 브런치를 즐길 수 있다. 가기만 하면 나만의 시간을 누릴 수 있지만, 현실이 빡빡해서인지 이런 시간은 내게 사치다. 오래전, 외국에서 느꼈던 그날의 브런치 덕분에, 나는 가끔 주어지는 토스트와 커피의 맛을 평생 누리고 싶다.

두 번째로 떠오르는 음식은 바닷가 근처에서 즐기는 신선한 해산물이다. 해녀들이 파는 해삼과 멍게 같은 해산물은 늘 눈으로

만 구경하며 지나치지만, 바람과 파도 소리, 짭조름한 바다 냄새를 맡으며 한 번쯤은 맛보고 싶다. 가끔은 이런 호사를 누리고 싶어 바다 바로 앞에 있는 집에서 살아보길 꿈꾼다. 그렇게 된다면 매일 행복한 만찬을 즐기는 기분일 테니까. 문을 열면 바닷바람이 얼굴을 스치고, 파도 소리가 자연스럽게 들려오는 그런 집. 아침 햇살이 반짝이는 바다를 창문 너머로 바라보며 하루를 시작할 수 있다면, 그 순간만큼은 모든 고민을 잠시 잊고 온전히 그 순간 속에 머물 수 있을 것 같다. 하루의 첫 순간부터 자연이 주는 경이로움 속에 스며들 수 있다면, 일상의 작은 순간조차 특별하게 느껴질 것 같다.

이 이야기를 할 때마다 주변 사람들은 하나같이 말한다. 바다도 매일 보면 지겹지 않겠냐고. 하지만 바닷바람과 소금기 섞인 공기가 감각을 깨우며 식사의 맛을 한층 더 풍부하게 해준다는 걸 기대한다. 바다에서 전해지는 신선한 에너지를 느끼며 식사할 때의 기쁨은 무엇과도 비교할 수 없을 것 같다.

바닷가에서 살다 보면 당연하게 여겼던 음식들, 특히 신선한 해산물이나 간단한 아침 식사도 새롭게 느껴진다. 무심코 먹던 토스트 한 조각과 커피 한 잔도 바다 앞에서라면 마치 작은 축제를 즐기는 것처럼 기분이 좋아지고, 같은 풍경이라도 자연이 보여주는 계절의 변화와 날씨에 따라 새로운 모습으로 다가올 때가 있다. 그러니, 내게 풍경이 지겨워질 틈은 없을 것 같다. 오늘의 바다와 내일의 바다가 다르듯, 오늘의 아침과 내일의 아침도 매번 새로운 감동을 전해줄 테니 말이다.

아침마다 파도 소리를 들으며 따뜻한 커피 한 잔을 마시는 삶은 내게 작은 소망이자 소중한 행복의 일부분이다. 세상이 아무리 바쁘게 돌아가도, 이 작은 바닷가 집에서는 시간이 천천히 흐르는 것 같은 평화로운 느낌을 받을 것 같다. 물결에 맞춰 내 마음도 더 잔잔해지고, 매일의 일상에 감사하며 조금 더 여유롭고 온화하게 살아갈 수 있을 것 같다. 이렇게 소박한 행복을 하나씩 쌓아가며, 삶을 더 따뜻하게 만들어가는 순간이야말로 내가 꿈꾸는 진정한 행복이자, 그 자체로도 화려한 삶이 아닐까?

2 기다려야만 먹을 수 있는 맛

김소현

우간다에서는 쉽게 구할 수 없는 물건들이나 한국 음식들이 더욱 소중하게 느껴진다. 이곳에서 파는 라면은 주로 중동 지역에서 수입되는데 그 지역 특유의 향신료 때문인지 한국에서 먹는 라면과는 전혀 다른 맛을 낸다. 면발의 식감 또한 한국의 쫄깃한 면발과는 거리가 멀어 한 젓가락을 들어 올릴 때마다 늘 아쉬움이 남는다. 한국에서의 따뜻한 국물과 함께한 짭조름한 맛, 그리고 입안에서 느껴지는 면발의 쫄깃함이 그리워지기 마련이다. 이런 생각을 하며 라면을 먹을 때마다 왜 이렇게 차이가 나는지 곰곰이 생각하게 된다.

과자 또한 마찬가지다. 우간다에서 직접 생산되는 과자는 드물고, 대부분은 케냐나 주변 국가에서 수입되거나 배편으로 오기 때문에 그 신선도나 맛이 기대에 미치지 못하는 경우가 많다. 특히 이상하게도 이곳에서 산 과자에서는 종종 세제 냄새가 스며든 것 같은 이상한 향이 나곤 한다. 예를 들어, 켈로그 콘푸로스트 시리얼이라고 표시되어 있지만, 그 시리얼에서도 왜 세제 냄새가 나는지를 도무지 알 수가 없다. 이처럼 일상에서 간단하게 즐길 수 있는 스낵들이 본래 맛을 제공하지 못할 때면, 한국의 과자들이 그리워진다. 초코파이나 새우깡의 고소한 맛, 그리고 친구들과 나누어 먹던 그 즐거운 순간들이 더욱 절실하게 느껴진다. 이러한 이유로 한국의 음식이나 물건을 더욱 간절히 원하게 되었다. 그래서 자연스럽게 케냐를 거쳐 우간다로 오는 배편을 통한 택배를 이용할 수밖에 없다.

그러나 택배라는 것이 그리 간단하지만은 않다. 한국에서는 24시간 이내에 택배를 받을 수 있을 정도로 빠르고 효율적인 시스템이 정착되어 있지만, 우간다에서 그런 편리함은 너무나 먼 이야기다. 첫 번째 단계는 한국의 온라인 쇼핑몰에서 내가 원하는 물건을 고르고 친정집으로 배송을 부탁하는 거다. 이 과정에서 친정 부모님의 도움이 절대적으로 필요하다. 우간다에서는 택배를 받을 수 있는 시스템이 부족하기에 일단 한국에서 친정집으로 물건을 보내고 그다음에 어떻게든 우간다로 가져와야 한다. 이 과정은 매번 새로운 도전을 동반하게 된다.

물건이 친정집에 도착했다고 해서 모든 문제가 해결되는 것은 아니다. 그 물건을 우간다로 보내는 방법을 찾는 것이 또 다른 고민의 시작이다. 항공편을 이용하면 빠른 속도로 물건을 받을 수 있지만, 배송비는 물건의 무게에 따라 상상 이상으로 비싸질 수 있다. 반면 배편을 이용하면 배송비는 상대적으로 합리적일지라도 시간이 터무니없이 오래 걸린다. 현실적인 선택은 배편이지만 배편을 이용한다고 해서 모든 문제가 해결되는 것은 아니다. 예를 들어, 우체국 5호 택배 상자 하나를 보내는 데에도 무려 20만 원이 든다. 이렇게 큰 비용을 감수하고 택배를 보낸다고 해도 물건이 도착했을 때 손상되지 않았을지에 대한 불안감은 여전히 남는다.

택배가 오기까지는 단순히 물건을 기다리는 것이 아니라 여러 가지 감정이 복잡하게 얽힌, 긴 기다림의 과정이다. 그 과정에서 한국과 우간다 사이의 물리적 거리는 더욱 멀게 느껴진다. 기대감과 불안감이 뒤섞인 채로 소중한 물건이 도착하기를 손꼽아 기다리는 동안 한국의 일상과 나의 현재 삶 사이의 틈은 점점 더 커져만 간다. 특히 한국에서의 평범한 일상, 예를 들어 편의점에서 간단히 음식을 구매하거나 친구들과 함께 시간을 보낼 수 있었던 그 순간들이 더욱 그리워지면서 물리적 거리뿐만 아니라 정서적 거리까지도 실감하게 된다.

지난 6월, 한국에서 물건을 보냈다. 그때만 해도 한두 달 내에 받을 수 있으리라 낙관적으로 생각했다. 이번에는 같은 5호 상자인데도 약 14만 원으로 비교적 싸게 보낼 수 있었고, 컨테이너 배송 사업을 시작한 한국 분을 통해 저렴하게 물건을 보내게 됐다. 그러나 시간이 지나면서 그 낙관은 점차 불안감으로 바뀌었다. 3개월이 넘도록 물건을 받아보지 못했고, 그저 물건이 바다를 건너 케냐 국경을 지나 우간다에 와 있다는 소식만 들렸다.

그 이후로도 언제 도착할지 모르는 기다림은 계속되었다. 한국에서는 새벽 배송과 당일 배송이 일상화되어 원하는 물건을 하루 만에 받지만, 이곳에서 택배 하나를 받는 일은 마치 한 편의 드라마와 같다. 언제 도착할지 모르는 불확실함 속에서, 나는 한국에서 누리던 편리한 일상이 얼마나 소중했는지 새삼 깨닫게 된다. 그리고 그 기다림 속에서 한때 당연하다고 여겼던 일상이 이제는 그리움의 대상이 되어버렸다.

날마다 아이들은 묻곤 했다.

"엄마, 택배 언제 와? 이번 주엔 오겠지?"

주안이와 예주는 자신들이 좋아하는 과자와 젤리가 담긴 상자를 손꼽아 기다렸다. 상자 속에는 간장, 참기름, 고춧가루, 할머니표 된장, 그리고 과자와 풍선껌까지 우리가 사랑하는 한국의 맛과 향이 가득 담겨 있었다. 그 물건들은 단순한 생필품이 아니라, 우리의 기억과 정서가 깃든 소중한 것들이었다. 아이들은 한국에서 온 과자와 간식을 손꼽아 기다리며, 아직 입에 넣어보진 않았지만 그 기대감에 벌써 입안이 달아오른 듯했다. 언제 올지 모르는 택배를 기다리는 마음은, 마치 멀리 떠나 있는 사람을 기다리는 것과 닮았다. 무사히 도착하기만을 바라는 간절한 마음은 소중한 친구나 가족이 돌아오길 기다리는 심정과 다르지 않았다.

기다린 끝에, 드디어 그날이 찾아왔다. 3개월 하고도 보름, 상자는 우리 집 문 앞으로 배송됐다. 아이들은 기쁨에 겨워 깡충깡충 제자리 뛰기를 하며 소리쳤고, 나 또한 가슴이 벅찼다. 아이들과 함께 상자를 열었을 때, 한국의 향기가 집 안 가득 퍼졌다. 우리가 그토록 기다리던 간장, 참기름, 된장뿐 아니라 아이들이 기다리던 과자와 젤리까지, 모든 것이 담겨 있었다. 그 순간, 우리는 단순히 물건을 받은 것이 아니라 고향의 한 조각을 되찾은 기분이었다.

기다려야만 먹을 수 있는 맛, 다 아는 맛이지만 내 입에 들어와야 미소 짓는 맛. 그냥 맛있는 맛이 아니라 그게 나의 그리운 고향의 맛이기에, 그 순간 내 마음이 더 안정적이고 풍요로워졌다. 택배 상자 속에는 단순한 물건들만이 아니라 우리의 그리움과 기다림이 담겨 있었기에, 그 상자를 여는 순간 멀리 있는 고향과 다시 연결된 느낌이 들었다.

3 마음을 따뜻하게 해주는 피자 아이스크림

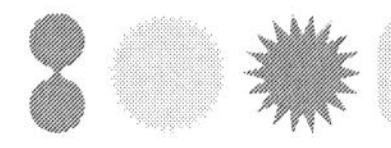

김자영

대학교 졸업 후 바로 취업하지 못했다. 부모님의 잔소리와 실망 섞인 소리를 듣고 싶지 않아 독일행 비행기에 몸을 실었다. 한국을 벗어나면 자유로울 줄 알았는데, 첫날부터 혼자라는 생각에 두려움이 몰려왔다. 방에 우두커니 있으니 불안함이 커졌다. 밖으로 나와 사람이 많은 시청역으로 향했다. 유독 줄이 길게 늘어선 가게가 보였다. 아이스크림 가게였는데 멋지게 차려입은 노인분들이 줄을 서서 기다리고 있었다. 아이스크림 한 컵을 시켜 나도 자리에 앉았다.

아이스크림을 한입 입에 넣는 순간 눈이 저절로 동그래졌다. 내가 아는 아이스크림 맛이 아니었다. 샤베트 같기도, 요거트 같기도 한데 부드럽고 달콤한 맛은 표현할 수 없었다. 아이스크림을 먹으며 테이블에 앉아 있는 할머니 할아버지들을 바라봤다. 노부부들은 자리 안내를 받아 앉으면 음식처럼 생긴 아이스크림을 시키고 서로 눈을 맞춰 가며 조용조용 이야기했다. 다 먹은 후엔 팔짱을 끼고 자리를 떠났다. 한 손엔 지팡이를, 다른 한 손엔 배우자의 손을 잡고 나가는 커플도 있었다. 그 모습을 보니 나도 저렇게 늙어가고 싶다는 생각이 들었다.

독일에서 불안했던 첫 마음을 녹여준 건 아이스크림 한입과 아름다운 노부부들의 다정한 모습이었다. 불안함이 몰려올 때마다 아이스크림 집을 찾았다. 가난한 유학생이니 비싼 건 못 사 먹고 매번 한 컵만 사 먹을 수 있었는데 아이스크림 집마다 맛이 달랐다.

그때부터 투어를 시작했다. 아이스크림 집엔 처음 보는 다양한 이름의 아이스크림이 셀 수 없을 만큼 많았다. 예쁜 접시에 아이스크림을 넓게 펴서 얼린 후 그 위에 내가 원하는 대로 토핑을 주문하는 피자 아이스크림도 있었다. 과일, 치즈, 케이크, 견과류, 시리얼 등 토핑 종류도 다양했다. 가격은 가장 비쌌다. 줄 서서 기다리면서 먹는 아이스크림은 대부분 피자 아이스크림이었다. 사 먹고 싶었지만, 돈도 없었고 혼자 먹기엔 많은 양이었다. 피자 아이스크림은 먹지 못하는 그림의 떡으로만 내게 남아 있었다.

1년을 공부했는데 대학 입학시험에 떨어졌다. 한국 사람 중 유일한 탈락자인 나와 옆 반의 남자는 함께 공부했다. 매일 만나다 보니 자연스럽게 연인으로 발전했는데, 그 남자가 지금의 남편이다. 드디어 난 누군가와 함께 아이스크림을 먹으러 갈 수 있다는 생각에 신이 나서 데이트하러 갈 때마다 아이스크림 집으로 갔다.

난 대학교에 붙으면 피자 아이스크림에 내가 원하는 토핑을 마음껏 올려서 먹을 거라고 이야기했다. 다정하게 손잡고 다니는 노부부들의 모습도 이야기하면서 나중에 그렇게 늙어가고 싶다는 이야기를 했다.

내가 공부하던 도시는 뮌스터라는 독일의 작은 시골 마을이었는데, 자전거 도로가 잘 되어 있어서 자전거 도시로 유명하기도 했다. 덕분에 자전거를 타고 다니면서 우리는 이곳저곳을 다닐 수 있었다. 도시 가운데에 '아제'라는 큰 호수가 있었다. 그 호수를 따라서 가다 보면 성당 건물같이 생긴 곳이 있었는데 그곳이 가장 오래된 아이스크림 가게라고 했다. 아이스크림을 직접 만들어 파는 곳이라서 양도 한정적이었고 가격도 아주 비쌌다. 가고 싶어도 갈 수 없는 꿈의 아이스크림 가게였다.

내 생일날 말쑥하게 차려입은 남편이 좋은 곳에 갈 테니 예쁘게 차려입고 나오라고 했다. 식당을 예약했나 싶어 들뜬 마음으로 나왔는데 날 이끌고 간 곳이 바로 그 아제 호수 옆의 아이스크림 가게였다. 자리에 앉자마자 남편이 "바로 주문한 거 주세요" 하는데 내 눈앞에 피자 아이스크림이 펼쳐진 게 아닌가! 테이블이 절반은 찰 정도로 크고 뽀얀 차가운 접시에 다양한 색깔의 과일, 치즈, 견과류, 케이크까지 전부 올라간 피자 아이스크림이 나왔다. 내 입에서 환호성이 터져 나왔다. 고대하던 피자 아이스크림을 가장 전통 있는 집에서 먹을 수 있다는 게 최고의 사치를 부리는 것 같았다. '처음 독일에 왔을 때부터 먹고 싶었던 그 음식을 이제야 먹게 되다니!' 차가운 아이스크림이 입으로 들어오는데, 오히려 마음은 따듯해졌다. 먹는 내내 '고맙다'라는 말과 '맛있다'를 연발하면서 바닥까지 싹싹 긁어먹었다.

그렇게 먹는 나를 흐뭇하게 바라보던 남편은 주머니에서 달걀을 하나 꺼냈다. 독일에선 달걀 안에 장난감을 넣고 파는 아이들 초콜릿이 있는데 그거라고 생각해서 이제 배불러서 못 먹는다고 거절했다. 남편은 그런 거 아니니 열어보라는 거였다. 달걀같이 생긴 초콜릿을 깨트리니 그 속에서 작은 실반지 두 개가 나왔다.

"이게 뭐야?"

"반지. 우리 대학교 입학시험 통과하면 결혼하자. 네가 좋아하는 이 피자 아이스크림도 맨날 사주고 서로 손잡고 아름답게 늙어가자. 독일 할머니 할아버지처럼 그렇게 살자."

실반지 프러포즈 이후 대학교에 합격하고 결혼했다. 아이도 낳고 살면서 몇 년을 지냈다. 힘든 상황에 부딪힐 때마다 우리는 아이스크림 집을 찾았고 한 컵을 나눠 먹으면서 서로 시름을 달래곤 했다. IMF가 터지고 더 이상 돈도 없고 공부에 진척이 없자 남편은 모든 걸 포기하고 한국으로 돌아가자고 했다. 한국에서의 삶은 녹록지 않았고 우울할 때마다 찾을 수 있는 맛있는 아이스크림도 없었다.

결혼 15주년 때 남편은 과감하게 독일행 비행기 표를 끊었다. 아이와 함께 다시 찾은 독일도 세월만큼 변해 있었다. 이곳저곳 추억 여행을 마치고 마지막으로 피자 아이스크림 먹어야지 하면서 남편이 프러포즈했던 가게를 찾아갔다. 잔뜩 기대하고 피자 아이스크림을 시켰다. 한입을 넣었는데 기억하고 있던 예전의 맛이 아니었다. '내가 변한 걸까? 맛이 변한 걸까?' 남편은 한두 술 뜨더니 더 먹지 않았다.

맛이 예전 같지 않다는 나의 질문에 남편은 뜻밖의 대답을 했다. "나 사실 아이스크림 싫어해. 당신 만나고 처음으로 아이스크림 먹어봤어."

당시 아이스크림 좋아한다며 나랑 매일같이 먹으러 다녔던 남편이었기에 놀라지 않을 수 없었다.

나는 남편이 아이스크림을 좋아하는 줄 알았다. 싫어하는데 참고 먹었다는 것을 결혼하고 15년 만에 알게 되었다.

"난 피자를 볼 때마다 네가 피자 아이스크림을 너무 맛있게 먹던 그 모습이 생각나. 두 손 잡고 다정하게 늙어가자는 말도 진심이야." 남편이 아이스크림을 싫어한다는 사실을 늦게 알았다는 것도 충격인데 그걸 참고 나랑 먹으러 다녔다는 사실도 놀라웠다. 사랑의 힘은 취향도 이기는구나 싶었다.

이제는 예전만큼 아이스크림이 맛있다고 느껴지진 않는다. 그런데도 여전히 아이스크림을 먹으며 다정하게 바라보던 노부부들의 모습은 지워지지 않는다. 인생을 함께하는 사람과, 입안을 즐겁게 해주는 추억의 음식이 있으면 나쁘지 않은 삶이라고 생각한다. 차가운 아이스크림은 이제 내 몸이 받아들이지 않지만, 그 속에서 느꼈던 따듯함은 내 몸 안의 온기를 데우며 오래도록 남아 있다. 아이스크림을 다 먹고 한기가 돌았는지 몸이 부르르 떨렸다. 갑자기 따듯한 감촉이 손에 느껴졌다. 남편이 내 손을 잡았다.

그래 이 맛이지! 나에게는 아이스크림 맛과 비교할 수 없는 남편의 따듯한 손맛이 있었다.

4 음식에 담긴 우리의 이야기

김하연

음식을 보면 함께했던 사람들과 나눈 시간이 떠오른다. 특별한 날이 아니어도 우리는 식탁에서 수많은 이야기를 나눴다. 음식은 그저 평범한 요리 이상의 의미를 지닌다. 음식과 함께한 교류, 식교제 속에는 함께한 대화와 웃음, 때로는 눈물이 담겨 있다.

나에게는 소울메이트 친구, 민아가 있다. 우리의 입맛은 놀랍도록 비슷해서, 함께 음식을 먹으면 그 맛이 배가 되곤 했다. 혼자서는 밥 한 공기도 다 못 먹을 때가 많지만, 민아와 함께라면 언제나 한 상을 배불리 비웠다. 우리 둘이 가장 좋아하는 음식은 곰탕이다. 깊고 깔끔한 국물 맛이 항상 우리를 만족하게 했고, 마음마저 편안하게 해주었다. 어느 날, 평소처럼 맛있는 곰탕을 기대하며 들어간 식당에서 뜻밖의 일이 벌어졌다. 손님들로 가득 찬 곰탕 집에서 첫 국물을 떠먹는 순간 우리는 눈을 마주쳤다. 너무도 낯선 맛이었다. 평소라면 금세 한 그릇을 비웠을 텐데, 그날의 곰탕은 이상하게도 우리 입맛에 맞지 않았다. 주인분이 다가와 물었다.

"우리 집 곰탕 맛있죠?"

우리는 어색한 미소를 지으며 대답을 삼켰다. 주인분께 실망을 드리고 싶지 않아 이내 숟가락을 들었지만, 끝까지 먹기란 쉽지 않았다. 주변에 맛있게 먹고 있는 손님들이 신기하게 느껴졌다. 서로의 애처로운 표정을 보다 결국 웃음이 터지고 말았다. 최선을 다해 곰탕을 꾸역꾸역 먹은 뒤, 식당을 나왔다.

"누가 여기 맛있다고 했지?"

"우리가 이상한 거야? 왜 손님이 많지?"

"입이 텁텁해."

집으로 가는 길, 우리는 심각한 표정으로 그 맛에 대한 실망감을 나누며 이야기를 이어갔다. 맛을 빗대어 표현하던 중 결국 크게 웃음을 터뜨리고 말았다. 그날의 곰탕 이야기는 유쾌한 추억이 되었다. 다른 사람들과는 다른 우리의 입맛이 서로에게 더 큰 친밀감을 안겨주었다. 그 후 곰탕 집을 지날 때마다 우리는 그날의 이야기를 떠올리며 함께 웃음을 지었다. 표정과 대화, 상황이 생생하게 떠올라 마치 방금 곰탕을 먹은 것처럼 그날을 재연했다. 곰탕을 먹을 땐 얼굴을 찡그렸지만, 지금은 언제 떠올려도 활짝 미소 짓게 되는 추억이 되었다. 어떤 힘든 일도 민아와 함께한 식교제 속에 아무것도 아닌 일이 되었다.

"시간을 돌릴 수 있다면 다신 안 갈 거야!"

"시간을 돌릴 수 있다 해도 난 꼭 너와 다시 갈 거야!"

곰탕 집을 떠올리며 우린 과거로 돌아간다면 절대 그곳에 가지 않겠다고 강한 확신을 했었다. 하지만 지금의 나는 돌아간다 해도 꼭 민아와 함께 그곳에 가고 싶다. 그곳의 맛없는 곰탕이 언제든 입가를 올려주는 소중한 추억을 선물해줬기 때문이다. 우리는 이제 멀리 떨어져 이전처럼 함께할 수 없다. 하지만 그날의 곰탕 한 그릇은 여전히 우리를 이어준다. 다른 사람과 곰탕을 먹을 때도 자연스레 그때의 이야기가 떠오른다. "지난번에 정말 맛없는 곰탕을 먹었는데…"라고 이야기하며 말이다. 아마 민아도 같은 추억을 떠올리며 미소 짓고 있을 것이다. 곰탕을 먹을 때마다 우리는 각자의 자리에서 그날의 우리를 기억한다. 곰탕 한 그릇이 그 시절의 우리를 간직하는 사진이 되었다. 언제 봐도 그때의 우리로 즐겁게 시간여행을 떠난다. 이제 그 곰탕 집이 좋다.

그리움은 친구와의 추억을 더 소중하게 만든다. 함께했던 시간들이 선명히 떠오르고, 친구의 빈자리가 크게 느껴진다. 오랜 시간이 지나면 어느새 서로의 이름마저도 흐릿해질지 모른다. 하지만 우리에겐 평생 서로를 기억할 곰탕 한 그릇이 있다. 음식의 맛은 시간이 지나 희미해지지만, 함께한 시간은 영원히 남는다. 시간이 더해지며 우리의 이야기는 더 아름답게 기억된다. 언젠가 다시 만나 곰탕 한 그릇을 나누며 웃을 날이 오길 바란다. 그날이 오면 그리움과 기쁨이 함께 얽혀 더욱 풍성한 시간이 될 것이다. 그날의 곰탕은 과연 맛있을까? 그때처럼 맛이 없을지라도, 중요한 것은 다시 함께 나눌 시간이라는 것을 깨닫는다.

음식에는 함께 웃고 고민했던 시간이 고스란히 녹아 있다. 곰탕뿐만 아니라 클럽 샌드위치, 햄 없는 김밥, 밀가루를 반죽해 만든 떡볶이에도 소중한 이들과의 이야기와 그리움이 담겨 있다. 많은 음식 속에 우리가 지나온 시간과 만남이 살아 숨 쉬며, 우리의 추억과 기억을 되살려주는 특별한 그릇이 된다. 음식이 좋았든 나빴든, 그날의 식사가 소중한 이유는 그 순간 우리가 함께였기 때문이다.

오늘 우리의 식사는 어땠을까? 바쁜 하루 속에서 서둘러 혼자 끼니를 때웠을지도 모른다. 마음이 지쳐 밥맛이 없었을 수도 있다. 하지만 우리는 지나온 시간 속, 함께 나눈 음식과 이야기들의 따뜻한 추억을 간직하고 있다. 이러한 추억은 불현듯 일상에서 떠오르며 오늘을 살아갈 힘이 되어준다. 그날 민아와 함께 나눈 시간은 지금도 나를 웃게 하고, 힘든 순간마다 위로가 된다. 곰탕 한 그릇에 담긴 추억이 내게 속삭이는 것 같다. '그때도 웃었으니, 오늘도 웃을 수 있을 거야.' 비록 맛없는 음식을 먹었을 때 후회했지만, 그것이 행복한 기억으로 변해 오늘의 나와 너를 지탱해준다.

오늘 함께 밥을 먹는 이들을 그리워할 날을 생각하며, 그들과 나누는 시간을 더욱 아껴본다. 시간이 지나면 그 순간들의 소중함을 깨닫게 될 것이다. 그리고 그 깨달음은, 오늘을 더욱 소중히 살아갈 선물이 되어줄 것이다.

매일 새로운 사람들과 다양한 음식을 나누며 소중한 추억들이 쌓여간다. 지난 시간 속 더 많이 만나지 못했고, 더 깊이 마음을 나누지 못했던 순간들이 떠올라 아쉬워진다. 그래서 지금 내 곁에 있는 사람들을 더욱 귀하게 여기며 사랑하기로 한다. 시간이 흘러 오늘을 돌아볼 때 후회가 없도록 이 순간을 진심으로 살아가고 있다. 곁에 있는 사람들과 함께 웃고 울며 소중한 오늘을 만들어간다. 떠오르는 모든 메뉴와 그 안에 담긴 여러 고마운 만남, 함께 부딪혀 쌓아온 이야기들이 내게 너무나 애틋하다. 함께 식사할 수 있어 기뻤다. 또한, 기쁜 오늘이 흘러가고 있다.

5 나의 소울 푸드 떡볶이

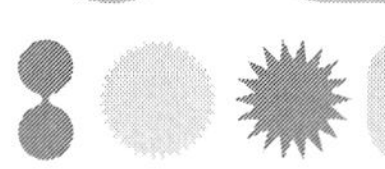

문혜진

초등학교 때 자주 떡볶이를 먹었다. 200원이면 나는 떡볶이 한 그릇, 아이스크림을 하나씩 먹을 수 있었다. 미단이로 된 떡볶이 가게 문을 열고 들어가면 아이들이 바글바글했다. 아이들은 정신없이 주문해도 아줌마는 그릇에 떡볶이를 담아 아이들에게 척척 건네주셨다. 초록색 그릇에 떡볶이 6개와 국물이 자작하게 담겨 있었다. 떡볶이가 많지 않으니 다들 순식간에 먹고 떠나갔다.

그 와중에 나는 떡볶이를 오랫동안 먹고 싶어서 수저로 잘게 쪼갰다. 작은 떡볶이를 한 알씩 먹으며 너무 행복했다. 국물도 후루룩 마시지 않고 한 숟가락씩 떠서 아껴먹었다. 떡과 어묵만 들어 있는데 어떻게 그런 맛을 내는지 알 수 없었다. 집에서도 먹고 싶었다. 하지만 내가 만들어 먹으면 매운 고추장 국물 맛만 났다. 맛도 없었다. 엄마가 만들어줘도 학교 앞의 그 맛이 아니었다.

고등학교 때는 즉석 떡볶이가 유행이었다. 학교 근처에 미리 만들어놓고 졸여서 팔던 떡볶이 집이 하나둘씩 사라지더니 즉석 떡볶이 가게만 남았다. 즉석 떡볶이는 냄비에 재료가 담겨 나온다.

테이블에 놓인 버너 위에 냄비를 올리고 그걸 그대로 끓여 먹는다. 혼자서 먹기에는 많은 양이라 항상 친구들과 함께 먹으러 갔다. 나는 단무지를 열심히 먹고 있다가 국물이 끓기 시작하면 국물을 떠먹었다. 칼칼하고 뜨거운 국물이 졸았을 때 더 맛있었다.

떡볶이 외에 만두, 쫄면, 라면 등의 사리를 넣어서 만든다. 학교에서 만화 동아리를 함께했던 친구들과 자주 먹었다. 그래서 즉석 떡볶이 하면 당시 같이 그림 그리고 어울렸던 친구들과 후배가 떠오른다.

야간 자율학습을 마치고 집에 돌아오면 밤 10시쯤. 늦은 시간이라 음식을 먹기엔 부담스러웠지만, 허기진 배를 그냥 두기 어려웠다. 그래서 나만의 방식으로 라볶이를 만들어 먹곤 했다. 라면에 고추장 양념, 깻잎, 참치를 넣어 만들었다. 고3 수험생활의 허한 배와 마음을 채워주었다. 그렇게 야식을 즐기다 보니 한동안 내 몸은 조금 푸짐해졌지만, 그 시절만의 특별한 맛과 기억은 여전히 선명하다.

대학교 때는 조폭 떡볶이 간장 떡볶이가 기억에 남는다. 학교 주변에 트럭에서 파는 떡볶이 가게가 많았다. 건장한 아저씨가 가운데 자리 잡고 음식을 만들고 있었다. 동기들과 길가에 세워진 트럭에 씌워진 천막을 헤집고 들어가서 자리 잡고 먹었다. 간장 떡볶이는 세종대 근처에 있다. 학교에서 작업하다가 배가 고프면 먹으러 갔다. 여기도 바로 만들어 먹는 즉석 떡볶이였다. 이런 맛은 처음이었다. 까만 국물의 떡볶이라니. 고추장의 매콤함이 없는데도 당기는 맛이었다.

그리고 다 먹고 나면 볶아주는 볶음밥이 정말 맛있었다. 밥 위에 참기름이 뿌려져 있고, 김 가루가 솔솔 뿌려져 있었다. 남은 국물에 비비면 색이 살짝 거무스름해지면서 김의 짭조름함과 참기름의 고소함이 섞여서 배부른데도 또 먹게 하는 마력이 있다. 2인분부터 먹을 수 있었는데 먹고 싶어서 혼자 가서 시켜 먹은 적도 여러 번이었다.

30대 중반에 만난 떡볶이는 초등학교 때를 떠올리게 하는 국물 떡볶이였다. 둘째를 낳고 이사 간 집 앞에 큰 상가에 있었다. 지하에 가면 마트와 음식점들이 있었다. 그중 칼국수 집과 떡볶이 가게에서 일주일에 여섯 끼 정도는 해결했다. 떡볶이 가게는 머리가 짧고 쉽게 건드릴 수 없는 인상의 두 아주머니가 운영했다. 두 분 다 살갑지 않았지만, 종종 주시는 튀김 서비스에서 정이 느껴졌다.

길쭉하고 하얀 밀떡이 조리 냄비 속에서 보글보글 끓고 있었다. 허여멀겋고 별맛 없어 보였는데도 한번 먹으면 계속 떠오르는 맛이었다. 고추장 양념과 어묵만 들어갔는데도 감칠맛이 엄청났다. 초등학교 때 먹었던 떡볶이의 맛이 떠올랐다. 가격도 저렴해서 튀김, 순대까지 시켜 먹어도 부담 없었다. 밥해 먹기 싫고 출출할 때면 아이들과 같이 가서 끼니를 해결했다. 가장 맛있을 때는 딱 끓이고 졸이기 바로 직전이었다. 그래서 일부러 시간을 맞춰 가거나 기다렸다 먹기도 했다.

"5분만 더 끓이면 돼요."

그 시간 동안 기다리다 보면 맛이 떠올라 침이 고인다. 이사 간 후에도 그 맛이 기억나서 몇 번을 찾아갔었다.

한번은 오빠가 공단 떡볶이라며 검은 봉지에 포장을 해 왔다. 진짜 남동공단 안에 있는 가게였다. 국물이 엄청 맵고 다시다 맛이 강하게 났다. 한 번 사러 간 적이 있었는데 사람들이 줄을 길게 서서 기다리고 있어서 놀랐다. 아무도 찾아오지 않을 것 같은 공단 가운데 자리 잡은 떡볶이 맛이 이렇게 인기 있을 줄이야. 나는 매워서 자주 먹지는 못하지만, 가끔 그 매운맛이 떠오른다.

지금은 근처에 떡볶이 집이 없다. 그래서 요즘엔 직접 만들어 먹는다. 국물을 떠먹기 좋아하니 국물 떡볶이를 산다. 반 조리로 나온 떡볶이를 사다가 어묵을 추가로 넣는다. 여러 브랜드의 떡볶이를 사서 먹다가 최근에는 '미정당' 제품에 정착했다. 살짝 맵고 달짝지근한 맛이 초등학교 때 먹었던 떡볶이와 비슷했다. 아이들과 먹기에도 적당하다. 2인분 한 봉지를 사서 다른 재료들을 더 넣어서 끓이면 셋이 먹기에도 충분하다. 최근에 돼지고기를 달달 볶아서 물을 부어 떡볶이 재료를 넣어서 먹으니 더 맛있었다.

맛에 대한 기억과 감정에 관해 쓰려고 음식을 떠올리니 딱 떠오른 게 떡볶이였다. 글을 쓰기 시작하니 초등학교 앞 떡볶이 집부터 차례대로 기억 속에서 소환되었다. 모두 다 같은 음식이 떡볶이였지만 맛은 모두 달랐다. 추억이 버무려져 글을 쓰는 동안에 미소가 나온다. 그때의 맛이 지금도 기억에 남아 군침이 돈다. 음식을 떠올리니 안에 기억과 추억이 흘러나온다. 문득 옆에 앉는 아들의 소울 푸드가 궁금해졌다.

"가장 좋아하고 기억에 남는 음식은 뭐야?"

"돈가스!"

내심 내가 해주는 떡볶이나 닭 한 마리를 말해주길 기대했건만 아쉬웠다. 언제 먹었던 돈가스가 제일 기억에 남는지 물었다. 이번에도 예상에서 빗나갔다. 엄마랑 먹었던 치즈 돈가스가 아니라 유치원 때 먹었던 돈가스라고 한다. 그러면서 유치원 시절을 떠올리며 혀를 날름한다. 즐겨 먹는 음식에 담긴 추억들을 떠올리니 어제 일이었던 듯 그때로 돌아간다.

친구와 둘이 손잡고 갔던 가게, 혼자서 가격표 앞에서 놀랐던 일, 함께 둘러앉아 즉석 떡볶이를 먹었던 일이 눈앞에 그려진다. 내 아이들은 나와 함께했을 때 먹었던 음식을 어떻게 기억할까? 나도 딱 보면 나와 함께했던 순간을 떠올릴 수 있는 음식을 아이들에게 남겨주고 싶다.

6 어른의 온정이 담긴 도시락

배유진

5월에 교회에서 가정 방문 예배가 있었다. 난 대구에서 입원한 동생 병간호하느라 못 가겠구나 싶었다. 그러나 동생 수술 날에 제부가 간호하게 되어 참여하겠다고 연락했다. 정 목사님과 신 권사님은 내가 병원에서 동생 소식을 전할 때마다 위로와 기도로 힘을 실어주었다.

신 권사님은 남편 가게에서 모이자고 약속을 잡았다. '월계수 테일러'라는 양복점 건물로 들어갔다. 멋진 양복을 걸친 마네킹들이 늠름해 보였다. 돌돌 말린 원단들도 차곡히 세워져 있었다. 신 권사님은 남편에게 저번에 상추 줬던 분이라며 나를 소개했다. 제부가 상추 농사를 지어서 3월에 신 권사님에게 가져다준 적이 있었다. 정 목사님이 그동안 어떻게 지내셨냐는 물음에 한 달여간 있었던 동생의 병간호 얘기를 꺼냈다.

"되게 힘든 일을 울지도 않고 담대하고 씩씩하게 얘기하네요. 이런 상황에 감사하다는 말을 쉽게 할 수 없는데 감동이에요. 그 과정을 쉽게 얘기하지만 사이사이 얼마나 긴 이야기들이 많을까. 마음이 짠하네요. 제가 아내 힘내라고 장뇌삼을 해줬는데 목사님과 배 집사님 하나씩 해드려야겠어요."

듣고 있던 신 권사님 남편이 말했다.

며칠 뒤, 신 권사님은 남편이 장뇌삼을 보내왔다며 쇼핑백 하나를 손에 쥐여주었다. 쇼핑백 안을 들여다보니 네모난 상자가 마치 도시락 같았다.

추운 겨울 초등학생 때였다. 교실에서 재잘대는 아이들의 입에선 입김도 나고 손발이 시려 몸을 움츠렸다. 선생님은 교실 난로 주변 마룻바닥에 청테이프를 네모 모양으로 붙이며 아이들이 난로에 가까이 가지 않도록 주의하라고 경고하였다. 선생님은 아침에 주번이 가져다놓은 양동이 속 나무를 꺼내 난로 안에 넣고 종이에 불붙여 집어넣었다. 약속이라도 한 듯 우리는 책가방에서 양은 도시락을 꺼냈다. 내 도시락은 만화 주인공 캔디 그림이다. 선생님은 아이들의 도시락을 모아 차곡차곡 쌓았다. 차가웠던 도시락은 점심시간을 알리는 종소리에 맞춰 따뜻해졌다. 도시락 말고도 난로 위엔 물을 담은 주전자가 올려져 있었다. 주전자 주둥이에서는 김이 올라와 실내가 건조하지 않았다. 어떤 날은 따끈한 흰밥을 다 먹으면 밑바닥에 밥이 눌어붙었다. 선생님은 주전자를 기울여 따뜻한 물을 부었다. 누룽지가 불어 쓱쓱 긁으면 숭늉이 만들어졌던 기억이 난다. 선생님의 따뜻한 마음의 온기가 그날 교실 안에 가득 찼다.

고등학생 때도 엄마가 도시락을 싸줬다. 친구들은 점심시간이 되면 나무 책상 두 개를 붙였다. 주변 의자를 끌어다 앉고 각자 도시락을 꺼냈다. 반찬 뚜껑을 열면 김칫국물이 칸막이를 넘어 햄과 계란말이에 번져 있었지만, 남김없이 싹싹 먹었다.

어느 날, 도시락을 매일 안 싸 오는 친구 한 명이 눈에 띄었다. 나보다 한참 뒷번호라 친하게 지낼 기회가 없는 조용한 친구 한미라. 미라는 아이들이 웃고 떠들며 먹는 모습을 미소 띠며 바라만 봤다. 점심을 거르는데 어떻게 밝게 웃지? 왜 굶고 있을까? 나는 엄마에게 우리 반에 그런 친구가 있다고 말했다. 다음 날 아침 엄마는 도시락 두 개를 준비했다.

"두 개 다 똑같이 쌌는데 하나는 애들 몰래 미라에게 줘. 책상 서랍에 놔둬도 되고. 그 친구는 얼마나 배고프겠니. 어려운 친구는 도와줘야지."

엄마의 마음도 모르고 괜히 미라 얘기를 했나 싶었다. 그래도 건네주기만 하면 되니까 어려울 건 없었다. 점심시간이 다가오자, 책가방 속에 손을 넣고 그 친구에게 줄 도시락을 여러 번 들었다 놨다. 시간만 자꾸 흐르고 결국엔 줄 기회도 놓쳤다. 그날도 미라는 덤덤하게 앉아 있었다. 미라에게 미안하면서 엄마 목소리까지 맴돌아 밥이 넘어가질 않았다. 미라에게 줘야 했던 도시락을 학교에 두고 다음 날 엄마에게 갖다 줬다.

"엄마, 미라한테 용기가 안 나서 못 줬어."

엄마는 "에구, 그랬구나" 하면서 내 마음처럼 무거운 도시락을 받았다.

신 권사님에게 받은 하얀 상자를 보니 도시락에 담긴 두 개의 추억이 떠올랐다. 상자를 열었는데 수십 개의 장뇌삼이 가지런히 놓여 있었다. 울컥했다. 신 권사님은 보관해서 먹는 법까지 알려주었다.

"장뇌삼을 흐르는 물에 칫솔로 깨끗이 씻어요. 물기가 빠지면 바로 깨끗한 통에 키친타월 깔고 차곡차곡 놓아요. 김치냉장고에 넣어놨다가 꺼내 먹으면 마르지 않고 오래 두고 먹을 수 있어요. 하루에 두 뿌리 정도 아침 식전에 양치하고 곱게 씹어 드시면 돼요. 맛이 조금 쌉싸름하지만 먹을 만해요. 도라지랑 맛이 비슷해요."

이날 저녁 장뇌삼 두 개를 꺼내 작은 뿌리 하나까지 조심하면서 칫솔로 살살 씻었다. 장뇌삼의 머리 부분은 버리고, 야근하고 돌아온 남편 입에 하나 넣어주고 나도 하나 먹었다. 맛은 처음에 쌉싸래한데 씹을수록 은은한 향이 입안 가득 퍼진다. 내가 맘 편히 병간호하러 대구에 내려간 건 남편 덕분이었다. 자녀들 뒷바라지 하느라 몸살도 오래 앓고 고생이 많았다. 하나 꺼내 먹을 때마다 하늘 한 번 바라보고 감사한 마음을 가졌다. 얼추 봐도 50여 뿌리 정도 되어 보이는데 세어보고 싶지 않았다. 아침마다 먹고 또 먹어도 줄어들지 않고 계속 채워지는 듯했다. 마음고생이 심한 부모님에게도 보냈다.

6개월 정도 환자만 돌보다 보면 나도 모르게 지친다. 나뿐만 아니라 보호자 역할을 함께 해준 엄마, 이모, 제부 그리고 사돈도 동생 몰래 눈물을 닦았다. 병원에서 일어난 치료 과정을 눈으로 보며 트라우마를 이겨내야 했다. 동생이 더 아프니까 힘든 티를 내기 싫었다. 몸살도 나고 파스 하나 붙여도 엄살 같아 숨기고 싶은 게 보호자의 마음인가 보다. 보호자가 몸도 마음도 건강해야 환자를 잘 돌볼 수 있다는 걸 남이 날 챙겨주면서 알게 됐다.

또 한 번 어른의 도시락을 받았다. 무더위 속 온정이 담긴 도시락은 몸과 마음도 튼튼하게 만들어주었다. 어른의 넓은 마음을 본받는다. 나도 어른인데 나보다 더 큰 어른이 챙겨준다. 큰 사람이 작은 사람을 섬긴다. 누군가의 식은 도시락을 따뜻하게 데워주는 어른. 힘든 누군가에게 내 자녀와 똑같은 도시락을 하나 더 챙겨주는 어른. 환자를 돌보는 입장까지도 생각하는 어른. 도시락은 따뜻한 관심이었다. 너와 내가 한 가족이라는 의미다. 나도 큰 어른이 되고 싶다.

내가 정성껏 준비한 도시락을 누구에게 건네줄지 둘러봤다. 친구 중에 올여름 유방암 2기 판정받은 중학교 동창이 있다. 목소리 듣고 싶어 안부 전화했는데 건강 검진 결과가 암이라며 병원 알아보는 중이라고 했다. 건강하게 별일 없이 지낼 줄 알았는데 깜짝 놀랐다. 내게도 초음파 건강 검진 해보라고 권유했다. 현실에 당황하는 친구가 걱정되었고 속히 완쾌되길 바라며 암 환자 영양식을 보냈다. 친구는 뭘 이런 걸 보냈냐며 잘 먹겠다고 연락이 왔다.

다행히 수술은 잘됐다고 해서 마음이 놓였고 우린 9월에 약속을 잡았다. 수술 후에 아주 아팠을 텐데 엄살 하나 없이 여전히 밝다. 운동과 음식 관리를 철저히 했는데도 암이 생겼다고, 오늘은 먹고 싶었던 피자 먹자며 환하게 웃어 대견해 보였다.

내가 누군가에게 줘야 할 도시락이 있다면 기꺼이 건네주는 용기도 필요하다. 어린 시절 용기가 나지 않아 오늘 못 줬어도 다시 한번 용기를 내본다. 전화 한 통화도 따뜻한 도시락이 될 수 있으니, 휴대전화를 켠다. 지금 내가 손에 든 이 도시락이 식기 전에.

7 아들이 생각나는 멸치볶음

원성욱

가정마다 빠지지 않고 즐겨 먹는 반찬이 있을 거다. 우리 집 식단 최고의 반찬은 멸치볶음이다. 다른 반찬은 며칠 있다가 없기도 하고, 주메뉴는 거의 매일 바뀌지만, 멸치볶음은 빠지지 않는다. 특히 성장기 자녀를 둔 가정이라면 멸치 반찬은 칼슘 덕분에 뼈가 튼튼해지고 키가 크는 데에 필수적인 반찬이지 싶다. 실제로 마른 멸치 100g에는 약 2,500㎎의 칼슘이 함유되어 하루 권장 칼슘 섭취량의 3배가 넘는다. 따라서 성장기 자녀뿐만 아니라 나이가 들어 골다공증이 염려되는 사람에게도 뼈 건강에 도움이 되는 반찬이라 할 수 있다. 멸치는 칼슘이 풍부하여 뼈 건강에 좋을 뿐만 아니라, 콜레스테롤 관리와 기억력 저하 예방에도 효과적이라고 한다.

아들은 어릴 때부터 유독 엄마가 해주는 멸치 반찬을 좋아했다. 작년 9월, 아들 내외를 만나기 위해 인도네시아에 가기 전에 아내가 가장 공들여 준비한 것은 멸치볶음이다. 아들을 만나러 갈 때 멸치를 반찬 통으로 몇 통 볶아서 갔고, 그 이후로는 멸치가 반찬 1순위가 되었다. 식사할 때 멸치 반찬을 보면 저절로 '아들은 잘 지내고 있나?' 생각하며 기도하게 된다.

2006년, 개도국 과학기술지원단에 선발되어 가족이 함께 3년간 동남아시아의 아로스 루앙프라방이라는 시골에 가서 지냈다. 당시 아들은 초등학교 5학년을 마친 후였는데, 함께 가서 홈스쿨을 하며 같이 생활했다. 이후, 아들은 당시 미국에 이민 간 부모님의 도움으로 아버지 친구가 세운 고등학교에 다니게 되었고, 대학까지 오랜 시간 떨어져 지냈다. 우리 부부가 한국에 돌아온 후, 방학 때 아들이 한국에 오면 아내가 가장 먼저 준비하는 반찬은 멸치볶음이었다. 또 아들이 군대에 가 있을 때, 휴가를 나올 때가 되면 집에서 멸치를 볶는 냄새가 난다. 집에서 멸치를 볶는 냄새가 나면 떠나 있던 아들이 오는 것 같아 기분이 좋다. 우리 집에서 멸치 반찬은 떨어져 지낸 시간이 훨씬 많은 아들을 떠올리게 하고, 멀리서라도 아들을 위해 기도하게 만드는 반찬이다.

3년 전 아들이 직장 때문에 인도네시아에 가서 살게 된 이후, 멸치 반찬이 뜸해졌다. 하지만 아들이 가끔 한국에 오거나 아들을 만나러 가게 될 때는 여지없이 집에 멸치를 볶는 냄새가 난다. 가끔 집에서 나는 멸치 볶는 냄새가 나면 아들과의 재회를 떠올리게 된다.

예전에는 아내가 멸치를 볶을 때 주로 잔 멸치를 이용했다. 최근에는 잔 멸치가 아닌 중간 크기의 멸치로 볶음을 한다. 처음에 큰 멸치를 사용할 때 시행착오가 있었다. 잔 멸치는 볶음 팬에 볶으면서 수분과 비린내를 날릴 수 있는데 큰 멸치는 타기 전에 충분히 수분을 날리기 쉽지 않다. 멸치가 크다 보니 수분이 잘 안 날아가 바삭한 느낌보다는 찐득한 느낌이 강했다. 그래서 아내가 찾아낸 방법은 일단 오븐으로 멸치의 수분을 충분히 제거한 다음 볶는 것이다. 오븐에서 180도 정도의 온도로 10분 정도 돌리면 마른 멸치 속에 남아 있는 수분까지 충분히 제거되고, 비린내도 많이 날아가 훨씬 멸치볶음을 하기 좋은 상태가 된다.

요즘은 잔 멸치보다 조금 더 큰 멸치가 먹는 맛도 있어 더 선호하게 된다. 잔 멸치보다 씹히는 식감이 훨씬 마음에 든다. 집안마다 멸치볶음 스타일이 달라, 꽈리고추와 함께 매콤 짭짜름하게 하기도 하고, 조청을 넣어 짠맛보다 단맛이 더 강하게 하기도 하는데 우리 집은 후자이다. 우리 집 멸치볶음은 조청으로 맛을 낸 멸치 과자와 같은 느낌이다. 생선을 별로 좋아하지 않는 사람도 멸치볶음을 반찬으로 잘 먹는 경우도 많이 있다.

최근에 멸치볶음은 아주 달지 않은 멸치 과자와 같아서 자주 먹게 된다. 밖에서 먹는 근사한 외식 한 끼도 좋지만, 따뜻한 밥에 달걀부침 하나 얹고 간장 한술에 멸치와 곁들여 먹는 집밥도 외식 못지않다.

요즘에 아내는 아들이 올 때만이 아니라, 주변에 고마움을 전할 지인들에게도 종종 멸치볶음을 만들어준다. 몇 년 전, 아내는 암이 재발하여 수술과 항암, 방사선 치료와 표적 항암 치료까지 받았다. 아내가 항암을 하고 암 투병하는 동안 음식을 만들고 식사 준비하기 힘들었는데, 많은 분이 음식을 만들어주었다. 그러한 주변의 정성과 도움이 아내가 항암 과정을 잘 이겨내는 데 크게 도움이 되었다. 이제 다시 건강을 되찾은 아내는 틈이 날 때마다 음식으로 사람들을 섬기려 한다.

최근에 아내가 만든 멸치볶음은 미국에서 오랜만에 한국에 방문한 동생을 통해 미국으로 건너가기도 했고, 두바이에 계시는 목사님을 위해 두바이로 건너가기도 했다. 작년에 아들이 살던 인도네시아에도 가지고 갔었으니 꽤 국제적인 멸치볶음이 되었다. 멸치볶음은 다리가 부러져 수술하고 몇 달을 집에서 재활하는 친구를 위로하기 위해 만들어준 반찬이기도 하다. 다른 어떤 음식보다 남녀노소 모두가 좋아하고, 사랑의 정성이 담긴 반찬이기에 단순한 음식이 아니라 사랑을 선물하는 것이다.

아들이 다시 국내로 돌아와 한국에서 일하게 되어 잠시 집에 와서 함께 지내고 있다. 갑자기 결정되었고, 며느리는 인도네시아에서 하던 일이 마무리되지 않아 한 달 정도 후에 들어오게 되어 아들이 함께 지내게 되었다. 아들이 함께 지내니 한동안 뜸하던 멸치볶음이 다시 매일 등장한다. 6개월 전부터 오후에 일하면서 반찬에 신경을 못 쓰던 아내가 아들이 집에 있으니 적어도 멸치볶음은 끊이지 않게 한다. 요즘은 저녁에 집에 와서 아내가 준비해

놓은 반찬으로 저녁을 차려 아들과 저녁을 먹는다. 아들 덕분에 나도 다시 멸치와 다른 반찬을 더욱 풍성하게 먹게 된다.

가정의 화목함은 집의 크기나 재산의 많음과는 비례하지 않는다. 아무리 집이 크고 부유해도 가족 간에 서로 사이가 좋지 않으면 밥 한 끼도 편하게 함께 먹지 못하는 경우가 많다. 가족을 위해 정성껏 반찬을 준비하고, 그 반찬을 가족이 함께 나누며 식사하는 시간이 많다면 그 가정은 화목한 가정이 된다. 우리 집에서 멸치볶음은 아내의 아들에 대한 사랑을 상징한다. 아들에게도 엄마가 해준 멸치볶음은 인생 반찬일 것이다. 아들이 잠시 집에 와서 함께 지내는 이 가을, 우리 집 최고의 반찬은 멸치볶음이다.

8 나만의 레시피, 맛있는 삶

윤미선

내게 가장 어려운 음식은 콩나물무침이었다. 결혼해서 매일 요리와 씨름했다. 계란프라이, 김치찌개 외에는 거의 모든 음식이 처음이었다. 밑반찬부터 메인 요리까지 레시피를 찾아가며 만들어야 했다. 퇴근하자마자 주방으로 향했다. 남편이 오기 전까지 맛있게 만들어 멋지게 음식을 대령할 작정이었다. 초보 요리사에게 핸드폰은 필수였다. 네이버나 유튜브에서 메뉴를 검색하면 레시피를 쉽게 찾을 수 있지만 너무 많아서 어떤 걸 참조할지 고르는 데만 몇십 분이 걸렸다.

새로운 일 앞에서는 늘 설렌다. 내 손에서 음식을 탄생시키는 작업이 재밌기도 했다. 남편과 맛있게 먹는 상상도 더했다. 내 손으로 음식을 만든다는 건 신혼 생활에서 사명감 같았다. 모든 음식을 하나씩 정복하고 싶었다. 재료의 양부터 양념까지 완벽하게 레시피를 따라 하는 것이 음식을 가장 맛있게 만드는 방법이라고 생각했다.

'제육볶음 황금 레시피'를 검색했다. 정육점에서 사 온 고기

500g을 꺼냈다. 레시피에 나온 모든 채소를 씻었다. 양파와 당근 그리고 대파까지 설명에 나온 대로 채 썰거나 어슷하게 썰었다. 당근을 5㎝ 길이, 3㎜ 두께로 채 썰라는데, 어느 정도인지 감이 안 왔다. 첫 번째 난관에 봉착했다.

'이게 5㎝인가? 너무 긴가? 도대체 3㎜가 어느 정도를 말하는 거야.'

자를 갖다 대야 하나 고민했다. 음식을 만드는 건지 작품을 만드는 건지 길이와 두께를 맞추느라 한참을 씨름했다. 양파 썰다가 눈이 매워 슬픔 없는 눈물을 흘렸다. 겨우 재료 손질을 마치고 양념을 만들 때 두 번째 난관에 봉착했다. 나는 고기 500g을 준비했는데, 레시피는 600g 기준이었다. 고기 500g으로 만든 요리법이 있는지 다시 인터넷을 뒤졌다. 300g, 800g 기준도 제각각이고 500g짜리를 찾기가 힘들었다. 계산기와 종이, 연필을 꺼냈다. 500 : 600 비율로 고춧가루, 고추장, 간장, 마늘 등 넣어야 할 양념을 계산했다. 학교에서 배웠던 수학을 이럴 때 써먹는구나 싶었다. 고추장 3스푼이라고 적혀 있으면 나는 비율에 맞게 2.5 숟가락만 넣으면 되었다. 세 번째 난관이다.

'한 스푼이 어느 정도야? 볼록 위로 솟아도 되나? 납작하게 깎아야 하나?'

뭐 하나 쉽게 넘어가는 게 없었다. 양념 만드느라 또 한참이 걸렸다. 겨우 다 만든 양념장을 손가락으로 찍어 맛보는데 제대로 간이 맞았는지 판단이 안 섰다. 에라 모르겠다. 고기에 버무려 재워놓았다. 결국, 프라이팬에 볶아 음식을 다 만든 후에야 맛이 있는지 없는지 알 수 있었다.

이번엔 콩나물무침이다. 콩나물무침은 재료와 양념이 많이 필요 없었고 몇 분이면 뚝딱 만들 것 같았다. 콩나물을 깨끗이 씻어 채반에 받쳐두었다. 마늘, 조선간장, 참기름 등 설명서에 쓰여 있는 대로 정확히 계량하여 콩나물에 넣고 버무렸다. 맛을 보았더니 간이 안 맞았다. 재료랑 양념이랑 따로 노는 느낌이고 심심하기만 했다. 레시피와 똑같이 양념을 넣었는데도 내가 상상하던 맛이 아니었다. 액젓과 마늘을 조금씩 더 넣었지만 큰 변화는 없었다. 쓸데없이 콩나물만 여러 번 휘저어서 대가리가 다 떨어져 나왔다.

"아 몰라. 그냥 먹어. 이 정도면 됐지, 뭐."

반찬 하나 만드는 데 한 시간이 훌쩍 지나갔고, 밥 먹기도 전에 이미 몸은 녹초가 되었다. 오늘은 반드시 맛있게 만들어보겠다는 위대한 의지는 내 손끝에서 펼쳐지질 못했다. 저녁을 먹으며 남편 얼굴을 살폈다. 남편이 "맛있네" 한마디를 해줘야 기분이 좀 풀렸다. 아무 말도 없으면, "어때? 맛 괜찮아?" 물으며 남편의 칭찬 한마디가 나오기를 기대했다. 초보가 만든 음식이었지만 전문가 맛이 났으면 했다.

친정엄마가 만들어주는 콩나물 반찬은 참 맛있다. 엄마에게 전화해서 어떻게 만드냐고 물었다.

“콩나물이랑 마늘, 조선간장, 액젓을 냄비에 넣고, 물을 약간만 넣어서 뚜껑 닫고 약불로 졸이면 돼.”

말은 쉽다. 물을 얼마나 넣어야 하냐 물어보니 재료가 타지 않을 정도로만 넣으라고 했다. 몇 분을 끓이냐고 물어보면 적당히 끓이라는 답변만 올 뿐이었다. 답답해서 따져 물었다.

“엄마. 무슨 설명이 이래. 그렇게 말하면 내가 어떻게 알아.”

“뭐를 어떻게 설명하라는 거야. 몇 스푼인지 내가 세면서 넣니? 그때마다 대충 하는 거지.”

적당히 대충 만드는 엄마의 음식 맛은 매번 비슷하게 맛있었고, 정확히 계량하려는 내 음식의 맛은 매번 달랐다. 한번은 남편이 지나가는 소리로 내가 만든 된장찌개는 신기하게도 매번 맛이 다르다고 했다. 처음에는 이게 무슨 뜻인가 했는데 초보 요리사를 에둘러 놀린 거였다.

결혼한 지 10년, 이제는 레시피 없이 음식을 만든다. 냉장고 안의 재료로 무엇을 만들지 생각한다. 필요한 재료가 없으면 다른 걸로 대체했다. 윤이가 좋아하는 콩나물 반찬을 했다. 냄비에 콩나물과 양념들을 깔고 물을 자작하게 넣고 약불로 졸였다. 냄비 사이로 새어 나오는 냄새를 맡으니, 뚜껑을 열어도 되겠다 싶었다. 잔열에 참기름과 깨소금을 휘둘러 섞어주었다. 동시에 다른 반찬도 만들면서 후다닥 내 방식대로 만들었다. 중간에 간도 안 보다가 다 만든 후에 슬쩍 맛보았다.

'어? 엄마 맛이다.' 콩나물에서 엄마 맛이 났다. 저녁 밥상에 올려두니 아이들과 남편이 한 접시 해치우더니 또 달라고 했다. 아이들이 콩나물 반찬이 맛있다고 한마디씩 했다.

내가 만든 콩나물무침에서 엄마의 맛을 느꼈을 때 나만의 레시피가 완성되었다. 음식을 만드는 사람의 손맛이 좋아야 음식이 맛있어진다. 처음에는 최고의 레시피를 찾아 아무리 따라 해도 맛이 없었다. 하지만 시간이 흘러 나만의 레시피가 생겼고, 정확한 계량을 하지 않아도 상황에 따라 재료가 달라져도 나만의 음식 맛은 바뀌지 않았다. 반복하고 익숙해지는 데 시간이 필요했다. 내 기억 속에 엄마의 맛이 들어 있었고 내 손이 나만의 맛으로 만들어나갔다. 그 어떤 자세한 레시피라도 맛이 똑같을 수 없다. 불의 세기, 냄비 종류, 심지어 재료 하나도 맛이 모두 다른데 어떻게 같은 맛이 나올 수 있을까. 짜여 있는 남의 레시피보다 더 중요한 것은 나의 손맛이었다. 내 손 감각으로 탄생한 음식 맛은 오로지 나만의 것이다.

인생도 마찬가지다. 다른 사람의 사는 방법을 내 삶에 적용해도 똑같아질 수 없다. 내가 기억하고 배워온 것을 바탕으로 나만의 생각과 중심이 있어야 진짜 멋진 나를 만들 수 있다. 나만의 레시피로 맛있는 경험을 채워나가면 된다. 콩나물 반찬 하나로 입에서 엄마의 맛을 기억하고 내 손에서 완성했다. 배우고 기억하고 반복하며 익숙해지면 나만의 레시피가 탄생한다. 내 손맛을 담은 맛있는 삶을 오늘도 만들어나간다.

9 죽고 싶지만, 아이스 라테를 마신다

이유경

친구의 지인 자살 소식은 나에게 큰 충격을 주었다. 뉴스 속 이야기처럼 멀게 느껴졌던 일이 내 주변에 일어난 것이다. 친구는 슬픔에 휘청였고, 그를 보는 것만으로도 내 마음이 아려왔다. 하지만 슬픔보다도 먼저 떠오른 건 어쩌면 '왜 그랬을까'라는 질문이었다. 직장 내 괴롭힘이 이유였다. 삶을 내려놓을 만큼 컸던 그의 고통을 생각하며, 직장에서 벗어날 방법은 없었을까 하는 안타까움이 밀려왔다.

사실 나 또한 죽고 싶다는 생각을 한 적이 있었다. 그러나 나는 내 방식대로 그 생각을 밀어내며 하루하루를 살아왔다. 현실의 벽 앞에서 마주한 절망을, 나만의 방법으로 견뎌내고 있었다. 대부분의 사람이 한 번쯤 이와 같은 생각을 하며 현실을 살아내고 있을 것이다.

그러던 어느 날, 친구들과의 대화를 나누던 중 나는 죽음에 대한 생각이 그리 일반적이지 않다는 사실을 처음 알게 되었다. 아무에게도 묻지 않았던 질문을 단도직입적으로 물었다.

"솔직히 말하면, 자살하는 사람들을 어느 정도는 이해할 수 있을 것 같아."

친구는 의아해하며 물었다.

"뭐? 사는 게 이렇게 즐거운데 왜 그런 생각을 해?"

나는 이런 대화가 처음이기에 잠시 숨을 골랐다.

"너 정말 그런 생각 한 번도 해본 적 없어?"

"응, 한 번도 해본 적 없어."

그의 대답은 예상 밖이었다. 내게 죽음에 대한 생각이란, 말로 꺼내지 않아도 삶의 굽이마다 찾아왔던 조용한 질문이었다. 현실에서 도망치고 싶고, 나 자신을 무력하게 느낄 때마다 나는 그 감정의 파도를 묵묵히 넘어가고 있었다. 내가 다른 사람과 조금 다른 지점에 있다는 것을 깨달았다. 그리고 내 생각이 정답이 아니라는 사실에 나는 나를 더 이해하고 싶어졌다. 나 같은 생각을 하는 사람이 있는지 해답을 찾고 싶어 책을 뒤적이기 시작했다. 그러다 우연히 만난 한 권의 책에서 답을 찾았고, 그 책의 제목은 『죽고 싶은 사람은 없다』였다. 책 속 정신과 의사는 나처럼 죽음을 떠올리던 사람들이 본래는 더 나은 삶을 갈망하고 있다는 사실을 알려주었다.

이 책은 내게 중요한 질문을 던졌다. "어떻게 하면 지금, 이 상황을 더 나은 방향으로 바꿀 수 있을까?" 죽고 싶다는 마음속 깊은 곳에는 더 나은 삶을 살고 싶다는 절박함이 숨어 있었다. 죽음을 생각했던 이유는 실제로 죽음을 바라는 것이 아니라, 심리적 위기 상황에서 나오는 반응임을 알게 되었다.

삶이 버거울 때마다 나는 아이스 라테로 위로를 받았다. 남편을 따라 시작한 미국에서의 유학 생활은 나에게 외로움과 고독의 시간이었다. 부모님의 손길도, 익숙한 환경도 없이 타국에서 홀로 보내는 시간은 무척이나 낯설고 버거웠다. 모든 것이 생소한 그곳에서, 내가 좋아하던 아메리카노마저 임신으로 입에 맞지 않았다. 하루하루가 무겁게 흘러가던 그때, 우연히 마주한 디카페인 아이스 라테는 나에게 작은 기적과도 같았다. 차가운 컵을 손에 쥐는 순간부터 부드럽고 시원한 그 맛이 입안 가득 채울 때, 마음속 깊이 잠재되어 있던 답답함이 잠시나마 시원함에 가라앉는 듯했다. 그 한 모금이 내게는 단순한 음료가 아니었다. 그것은 나를 위로해주는 친구이자, 문제를 해소해주는 해결사였다. 부모님의 부재, 낯선 땅에서의 불안함과 결혼 생활의 힘듦이 한 잔으로 잠시나마 사라지는 기분이 들었다.

답답한 상황이 닥칠 때면 어느새 나는 아이스 라테를 찾고 있다. 육아와 일을 병행한다는 건 생각보다 어려웠다. 아이들이 어린이집을 다니던 시절부터 시작된 아침 전쟁은 초등학생이 된 지금도 계속되고 있다. 나 혼자만 챙겨서 출근하면 간단하지만, 아침마다 아이 둘을 챙겨야 한다는 건 전혀 다른 이야기였다. 잠에서 덜 깬 아이들을 하나씩 깨우고, 간신히 눈을 비비며 일어난 아이들에게 아침 식사를 차려주고 나갈 준비를 한다. 한 아이는 아침밥 대신 간식을 찾고, 다른 아이는 옷 입기가 귀찮다며 주저앉아버린다. 내 시선은 계속 시계를 향하고, 머릿속에는 출근 시간까지 남은 시간이 빠르게 계산된다. 결국, 아이들을 간신히 차에 태워 등원시킨다. 그렇게 회사에 도착해 숨을 돌릴 새도 없이 회사 카페로 향한다.

"아이스 라테 주세요."

한숨에 차가운 커피를 들이켠다. 뜨거운 가슴을 타고 내려가며 식혀주고 고된 아침 시간이 조금씩 희미해진다. 아이스 라테 한 잔은 마치 '수고했어'라고 속삭이며 나를 위로해주는 듯했다. 그 차가운 한 잔 속에는 따스한 위로가 담겨 있었고, 답답함 속 죽음의 생각을 잠재우는 작은 행복이 숨어 있었다. 내가 나의 감정을 다시 조절할 수 있었다. 삶 속에서 닥쳐오는 문제들을 해결할 때마다 나를 도와주는, 나만의 감정 조절 음식이 있다는 것이 참 감사했다. 어떤 어려움이 와도 두렵지 않은 이유는 내 삶을 온전히 책임질 수 있는 사람은 나 자신뿐이라는 것과, 그런 나 자신을 다스릴 방법을 알고 있기 때문이다.

그래서 나는 오늘도 차가운 아이스 라테를 마신다. 매일의 커피 한 잔이 작은 변화의 시작이 되었고, 그 순간만큼은 더 나은 삶을 향해 갈 수 있을 것 같은 희망이 피어난다. 내일도 나를 다스릴 작은 힘을 기대하며, 어제보다 더 나은 내가 되어 오늘을 살아간다.

10 지친 날 마음을 달래주는 위로의 한 그릇

장소정

피로가 쌓인 몸을 이끌고 집에 돌아오는 길이었다. 머릿속은 여전히 복잡했다. 계획서 마감이 코앞이라 온종일 책상에 앉아 씨름했고, 민원 전화는 끊임없이 울려댔다. 그 와중에 금연 구역 내 흡연자 단속을 위한 야간 출장을 다녀와서 피로는 배가된 상태였다. 하루를 마무리하는 퇴근길이었지만, 마음속 무게는 여전히 풀리지 않았다. 집에 도착하자 엄마의 뒷모습이 눈에 들어왔다.

"엄마, 뭐 해?"

"김치 수제비 끓이려고 김치 썰고 있어."

오늘 저녁 메뉴가 김치 콩나물 수제비라는 것을 알게 되었고, 엄마가 정성스럽게 만들어주는 음식을 먹을 생각에 마음이 따뜻해졌다. 씻고 나온 후, 식탁에 앉았다. 김치 콩나물 수제비가 내 앞에 놓였다. 국물을 떠서 입에 넣는 순간, 오늘 겪었던 힘든 감정들이 국물에 녹아내리는 듯한 기분이었다. 매콤하고 칼칼한 국물의 감칠맛이 온몸을 감싸는 듯했다. 아삭한 김치와 콩나물의 조화, 쫀득한 수제비 반죽이 절묘하게 어우러져 한입 한입이 위로처럼 느껴졌다. 아침부터 머릿속을 떠나지 않던 일의 무게가, 국물에 스르르 녹아내렸다. 따끈한 김치 콩나물 수제비를 호호 불어가며 천천히 먹는 동안, 내 안에 쌓였던 스트레스가 사라져가는 기분이었다. 불쾌했던 하루는 어느새 잊고 지금 순간에 집중할 수 있었다. 맛있어서 한 그릇 더 먹었다. 점점 배가 불렀지만, 두 번째 그릇을 비우는 동안 마음은 한없이 가벼워졌다.

그날 내게 김치 콩나물 수제비는 간단한 한 끼 식사가 아니라는 걸 알았다. 엄마가 내게 주었던 위로와 사랑이었다. 그날 이후로 종종 엄마에게 "수제비 좀 끓여줘"라고 부탁했다. 그럴 때마다 엄마는 언제나 흔쾌히 알겠다고 대답해줬다. 엄마의 대답 속에도 수제비의 따뜻함이 담겨 있는 것처럼 느껴졌다.

"엄마, 나 사실 일이 힘들 때마다 김치 콩나물 수제비 생각나."

내 몸과 마음을 감싸 안으며 위로를 건네주고 힘들 때마다 떠오르는 그 맛, 엄마의 따뜻한 손길이 담긴 요리. 이제 김치 콩나물 수제비는 내게 보약 같은 존재이다. 내 삶에서 각별한 의미로 자리 잡았음을 느꼈다.

엄마는 이제 내가 왜 김치 콩나물 수제비를 끓여달라고 하는지 잘 안다. 그래서 요즘 엄마가 수제비를 만들 때는 정성이 한층 더해진다. 국물의 간을 맞추기 위해 여러 번 맛을 보고, 수제비 반죽도 손끝으로 확인하며 딱 맞는 식감을 만들어낸다. 그 과정이 고스란히 느껴져서, 한 입 먹을 때마다 엄마의 마음이 전해진다.

식탁에 앉아 뜨거운 김치 콩나물 수제비를 한 숟가락 떠먹으면, 깊은 국물 맛에 마음속 피로가 사르르 풀리는 기분이다. 수제비가 입안에서 따뜻하게 퍼질 때마다, 엄마의 손맛에서 전해지는 섬세한 사랑을 느낀다. 엄마의 수제비 한 그릇에는 엄마가 나를 위해 보낸 시간과 정성, 나의 힘든 하루를 위로하려는 마음이 담겨 있다.

엄마와 마주 앉아 수제비를 먹으며 이야기를 나누기 시작했다. 엄마는 고개를 끄덕이며 내 말을 들어주었다. 나는 오늘 있었던 일들을 하나하나 꺼내놓았다. 민원 전화로 시달린 이야기, 출장을 나갔다가 겪은 사건들. 말을 하다 보니 어느새 마음이 한결 가벼워졌다. 엄마도 나에게 오늘 하루 있었던 일들을 들려주셨다. 서로 이야기하고 들어주다 보면 어느새 밥그릇은 비워지고, 마음은 따뜻해진다. 이렇게 밥을 먹으며 나누는 대화가 편하다. 우리는 대화 속에서 서로의 마음을 알아차린다. 엄마와 함께 시시콜콜한 이야기를 나누다 보면 깨닫게 된다. 나의 이야기를 끝까지 들어주는 사람이 있다는 것, 그 사람이 바로 엄마라는 사실이다. 아무리 평범한 이야기라도 귀 기울여주는 존재가 있다는 것이 얼마나 큰 위안이 되는지. 새삼 엄마의 따뜻한 눈빛과 내 이야기에 반응하는 행동 속에서, 내가 얼마나 아낌을 받는 사람인지 다시금 깨달았다. 엄마도 나와 같은 마음일까? 내가 수제비를 먹는 동안 엄마는 내 표정을 살피며 미소를 짓는다. 엄마와 나 사이의 유대감이 느껴지는 따뜻한 순간이다.

음식을 먹으며 엄마와 나누는 대화는 편한 일상이다. 익숙한 시간이지만, 편안함과 행복을 가져다준다. 행복은 멀리 있는 것이 아니라 가까운 곳에 있다는 걸 깨닫는다. 언젠간 이 시간이 특별한 의미가 될 수도 있기에 평범한 순간들을 더욱 소중히 여기려고 한다. 지친 마음을 달래줄 따뜻한 음식과 진심 어린 대화, 우리가 함께하는 시간. 이 모든 것이 감사의 이유다.

어떤 음식은 사람을 위로하고 기운을 북돋아준다. 내겐 엄마가 끓여주신 김치 콩나물 수제비가 그런 존재이다. 엄마의 사랑이 녹아 있어 남다르다. 바쁜 일상에 지쳐갈 때 먹으면 나를 따뜻하게 품어준다. 가끔 식당에서 수제비 메뉴를 볼 때마다 엄마의 김치 콩나물 수제비가 떠오른다. 물론 식당 수제비도 맛있지만, 엄마가 만들어준 것과는 비교할 수 없다. 누구도 흉내 낼 수 없는 세상에서 하나뿐인 특별한 맛이기 때문이다. 자연스레 엄마와의 시간, 그 속에 깃든 사랑을 다시금 떠올리게 된다. 김치 콩나물 수제비가 우리의 추억을 만들어줬다.

음식은 때때로 우리의 감정을 담은 그릇이 된다. 엄마의 수제비가 나에게 그랬듯, 우리는 각자의 인생에서 중요한 순간들을 담은 음식을 마음속에 간직하고 있을 것이다. 어떤 음식은 우리에게 배부름 이상의 의미를 전달해준다. 우리가 사랑했던 사람들과 나눈 대화와 웃음, 시간 속에서 피어나는 추억들이다. 오늘, 각자 마음속에 간직한 그 '기억의 맛'을 떠올려보자. 음식 한 입이 주는 위로와 행복, 그 안에 담긴 소중한 순간들이 우리의 삶을 더욱 풍성하게 해준다.

김미주

글쓰기, 나에게서 너무나 먼 하나의 물건처럼 느껴졌던 이 행위로 첫 공저까지 내게 되었다. 많이 신기하고, 진짜 내 글이 책이 될 수 있나? 수십 번 생각하면서 작업을 했던 것 같다. 하나하나 버리고 싶은 글들이 이제는 내 자식처럼 소중하다는 생각이 든다. 미우나 고우나 예뻐해야 진정성 있게 자식을 생각하는 마음이 아니겠는가? 2024년 나의 첫 공저는 틀림없이 마지막 글쓰기의 마침표가 아니다. 이건 분명한 나의 또 다른 시작이다.

김소현

바람 따라 흐르는 구름을 바라보며, 갓 내린 커피의 고소한 향기를 맡는다. 스쳐 지나가기 쉬운 일상의 순간들이 사실은 얼마나 깊이 내 삶을 채우고 있는지 새삼 느낀 시간이었다. 누군가의 웃음소리 하나에 온 마음이 녹듯, 보고 듣고 말하고 맛보는 과정에서 발견한 작은 이야기들이, 당신의 마음을 따뜻하게 토닥여주었으면 한다. 또 기록된 문장들이 가슴 속에 오래 남아, 마음이 복잡할 때마다 꺼내 볼 수 있기를 바란다.

김자영

내 이야기가 과연 책이 될 수 있을까? 하는 생각에 글을 쓴다는 게 처음엔 두려웠다. 한 줄 한 줄 나의 삶을 그냥 말하듯 써 내려갔다. 그 속에서 잊고 있던 나를 만났고 희망이 없어 보였던 내 삶이 내일을 기대하는 삶으로 바뀌었구나 하는 걸 깨닫게 되었다. 사람들은 누구에게나 드라마 한 편은 나올 법한 각자의 인생 스토리가 있다. 내 이야기가 누군가의 마음에 닿아서 그들의 삶도 충분히 아름답다고 느낄 수 있다면 그것만으로도 감사하고 기쁠 것 같다.

김하연

글의 힘을 믿는다. 문장마다 진심과 소망을 담아 나를 적었다. 소소한 이야기지만 누군가에게 작은 위로와 힘이 되었으면 좋겠다. 매일의 평범한 일상 속, 함께이기에 특별한 오늘을 살아가자고 말하고 싶었다. 글을 통해 내 경험을 나누며 더불어 살아가는 방법을 배워가고 있다. 오늘의 글이 내일의 나에게, 그리고 읽는 이에게 용기가 되었으면 한다. 이야기 속에서 삶의 온기를 나누며 따스하게 동행하고 싶다.

문혜진

출간을 목표로 도전한 첫 공저였다. 초고 채우기가 너무 어려웠다. 빈 종이를 채우기 위해 출생부터 끌어다, 끌어다 썼다. 내 밑천을 다 드러낸 듯했다. 초고보다 더 힘들 것 같았던 퇴고가 생각보다 재밌었다. 어설픈 문장들을 하나둘씩 바꾸고 메시지를 넣는 과정이 할 만했다. 다른 작가들의 책을 보며 문단의 시작과 끝을 어떻게 맺는지 관찰하게 되었다. 짝꿍 퇴고를 하며 글쓰기 또한 함께하면 더 즐거운 활동임을 느꼈다. 앞으로도 더 많은 책을 읽고, 글을 쓰고 싶다.

배유진

사랑하는 동생을 잃을 뻔한 슬픔을 잊고자 글을 쓰게 되었다. 새로운 경험은 나를 일으켰다. 아픈 과거도 과감히 써놓은 건 내 인생이 변화되었기 때문이다. 감사하면 내 삶은 평범한 삶이 된다는 것을 글 수업 중 깨달았다. 혼자서는 풀 수 없는 문제를 함께 생각해보고 고민을 풀어갈 때 잊었던 감사를 되찾았고 방향이 보였다. 일상에서 일어나는 일들을 경험할수록 넓어지는 시야는 내면을 성장시켰고, 도전하면서 자유로워졌다. 글을 쓰면서 인생을 배운다.

원성욱

처음 '공저'에 대한 공지를 접했을 때 마음이 두근거렸다. 중학교 시절 허리를 다쳐 누워서 책 읽는 시간이 많아지면서 조금씩 생각을 정리해서 글을 쓰거나, 시를 쓰기도 했다. 언젠가는 '내 책'을 출판할 막연한 기대를 안고 살다가 이제 공저를 통해 첫발을 내디딘다. 초고를 쓰고, 퇴고의 과정을 거치면서 힘은 들어도 행복했다. 오늘도 글을 통해 내 인생을 새롭게 바라보고, 나의 언어로 세상과 소통하려 한다.

윤미선

주위에서 하루를 어떻게 보내냐는 질문을 많이 받을 정도로 바쁘게 산다. 매일 쌓여 있는 일을 처리하느라 정신없이 시간을 보내지만, 이번 공저를 통해서 일상 곳곳에 숨겨진 특별함을 떠올릴 수 있었다. 작은 숨소리마저 나를 지탱해줄 수 있듯, 사소한 것도 내가 의미를 부여하면 제일 소중한 것이 된다. 보고 듣고 느끼는 모든 것에 내 삶이 들어 있다. 평범한 일상에서 잠들어 있는 감각을 깨워 순간의 소중함을 느낄 수 있기를 바란다.

이유경

삶의 일상적 순간을 글로 담아내는 일이 쉽지 않았지만, 해냈다. 기록하고 나누는 일이 이렇게 매력적일 줄은 몰랐다. 당연하게 여겼던 감각들이 얼마나 소중한지 깨닫고, 책 한 권에 담긴 10명의 경험을 통해 일상의 소중함과 삶의 지혜를 전한다. 감사함은 매일 전해도 부족하다. 늘 곁에서 힘이 되어준 부모님, 남편과 아이들, 그리고 함께 글을 써 내려간 공저 작가님들에게 깊은 감사의 마음을 전한다.

장소정

내가 매일 지나다니는 길, 먹는 음식, 사람들과 나누는 대화는 너무 익숙해 의미를 부여하지 않은 채 무심히 지나쳤다. 내 곁에 항상 있어서 그런지 특별한 줄 몰랐다. 이번 책을 쓰며 내가 일상의 소중함을 얼마나 잊고 살았는지 알았고, 글쓰기를 통해 생활 속 다양한 감각을 깨울 수 있었다. 삶은 끊임없이 흘러가기에 지나온 순간을 후회하기보다는 앞으로의 일상에서 주의 깊게 보고, 듣고, 말하며 마음을 다해 살아가는 것이 중요하지 않을까.